愛經典

閱讀經典，成為更好的自己。

那一天糖果店的全體成員無一例外他都認識了，他們悉數出席作陪，
包括獅子狗塔爾塔利亞和小公貓。大家都感到一種說不出的幸福。

他很快就又與她分離，也許是永遠，但
載著他們在生活平靜的水流中泛舟一

中同樣的小船
受吧，旅行者！

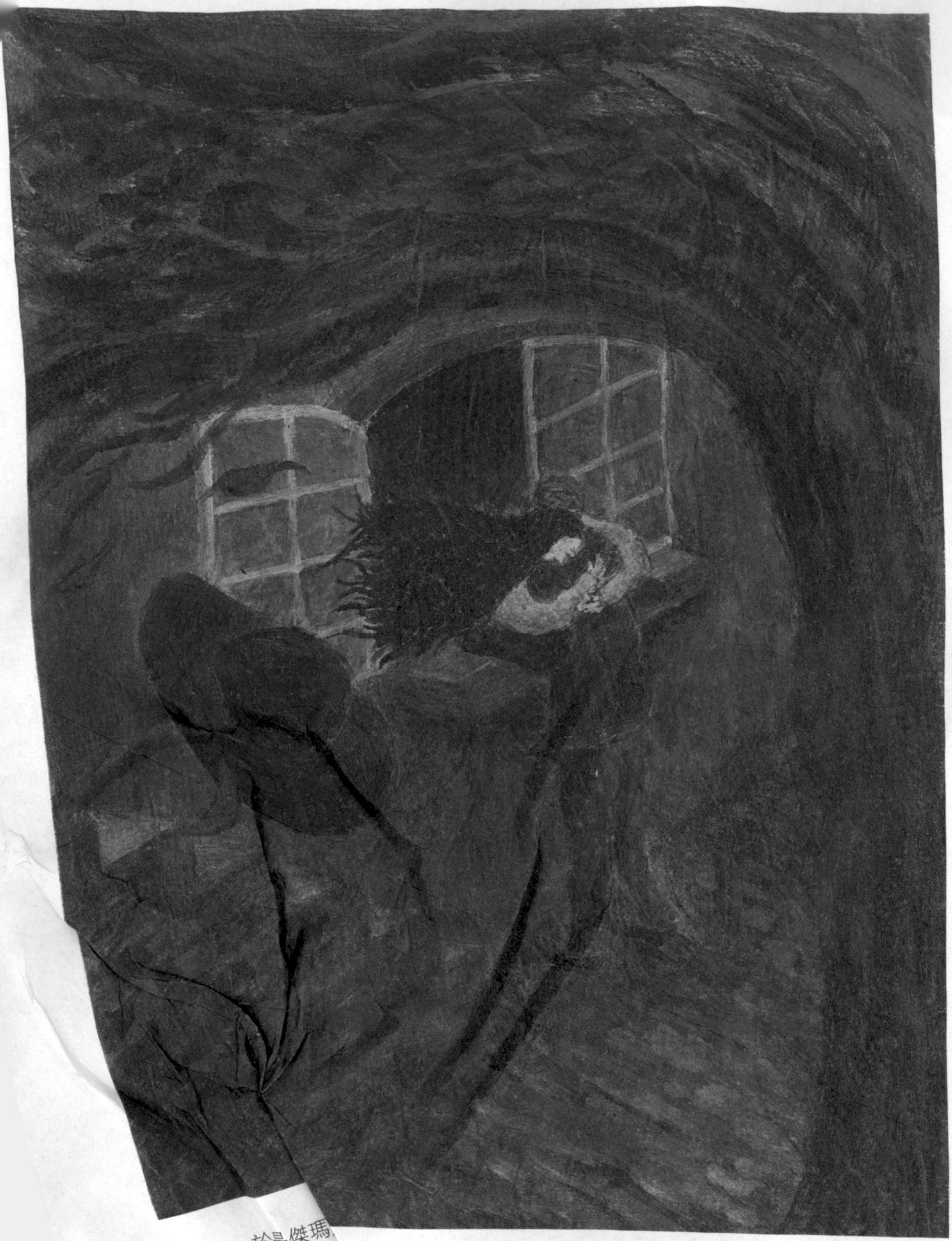

於是傑瑪……住他的肩頭，胸脯貼在了他的頭上。喧囂聲、叮噹聲和轟隆聲

持續了一……的旋風如巨大的鳥群般呼嘯而過之後……一切又重歸寂靜。

關鍵時刻到來了……
兩人舉起了自己的那把槍……

正值夏季，晨風撲面而來，在耳邊嗚嗚直響、呼嘯而過。他們心曠神怡：
年輕、健康的生命以及自由自在、勇往直前的奔跑的認知俘獲了他們倆，
這種認知每時每刻都在滋長。

緣起

愛經典

卡爾維諾說：「『經典』即是具影響力的作品，在我們的想像中留下痕跡，並藏在潛意識中。正因『經典』有這種影響力，我們更要撥時間閱讀，接受『經典』為我們帶來的改變。」因為經典作品具有這樣無窮的魅力，時報出版公司特別引進大星文化公司的「作家榜經典文庫」，期能為臺灣的經典閱讀提供另一選擇。

作家榜經典文庫從二〇一七年起至今，已出版超過一百本，迅速累積良好口碑，不斷榮登各大暢銷榜，總銷量突破一千萬冊。本書系的作者都經過時代淬鍊，其作品雋永，意義深遠；所選擇的譯者，多為優秀的詩人、作家，因此譯文流暢，讀來如同原創作品般通順，沒有隔閡；而且時報在臺推出時，每部作品皆以精裝裝幀，質感更佳，是讀者想要閱讀與收藏經典時的首選。

現在開始讀經典，成為更好的自己。

深夜一點多鐘他回到自己的書房。他打發走點亮蠟燭的僕人，癱倒在壁爐旁的沙發椅裡，雙手捂住臉。他從未感到如此疲倦——身體上的和精神上的。整個晚上他都跟可愛的太太、有修養的先生度過；有幾位太太很漂亮，幾乎所有的先生都既充滿智慧又富有才華——他自己的談話也很成功、甚至可以說出色……儘管如此，羅馬人早就說過的那種「taedium vitae」，即那種「對生活的厭倦」——卻從未以一種如此不可抗拒的力量將他攫取，使他窒息。倘若他再年輕一點——他也許可以因憂鬱、苦悶和憤懣而大哭一場：一股濃烈而炙熱的苦澀好像艾蒿的苦澀般充盈他的整個心靈。一種縈繞不去又令人厭煩、麻木不仁又沉鬱的心情從四面八方彷彿惆悵的秋夜包裹他。他不知道怎樣才能擺脫這漆黑的夜，還有這種痛苦。睡覺是根本不要想了：他清楚自己不可能睡得著。

他陷入了沉思……緩慢地、慵懶地、忿忿不平地。

他思考著整個人生的虛妄無用和人的庸俗偽善。人生的各個階段漸漸地開始在他腦海裡浮現（他前不久剛滿五十歲）——沒有一年他能寬恕自己。到處只有永恆的虛擲光陰，只有毫無意義的空談，只有半是有心、半是無意的自我陶醉——只要能哄孩子不哭，拿什麼東西給他都好，突然間，意料不及就像雪花砸在頭上，霎時就已人到老年——隨之而至的是時時增長、被慢慢腐蝕和啃噬的對死亡的恐懼……撲通一聲墜入萬丈深淵！假如生命就如此終結，幸之！否則，很可能臨終之前，病痛和災難等等就會像鐵生鏽一樣接踵而至……他本以為，生活的海洋，就像詩人描述的那樣，並非全是驚濤駭浪——錯了；他想像中的這個海洋風平浪靜，直到最深的海底都靜止不動和清澈透明；他自己坐在隨時都可能傾覆的一葉扁舟上——而在那黑暗而滿是淤泥的海底，隱約可見的盡是體型巨大的貌似魚類一般的猙獰怪物：那代表著所有塵世間的疾患、病痛、苦難、瘋狂、貧窮、盲目……他望著，忽然一頭怪物從黑暗中竄出來，越升越高，面目愈來愈清晰可辨、清晰得愈來愈可憎。再過一會兒——被牠頂起的這一葉扁舟眼看著就要被頂翻了！但是牠彷彿又變得模糊起來，牠游開了，潛入海底去了——牠躺在那裡，微微扇動四周的水波……但時候一到——牠定掀翻小船。

他搖搖頭，從沙發椅中跳起來，在書房裡走了兩圈，又坐到書桌前，將抽屜一個接一個地拉開，開始在自己的紙堆中翻找，那些多數是以前的異性寫來的信箋。連他自己也不知道要幹什麼，他什麼也不找——他只是希望手上忙些什麼以擺脫折磨他的那些胡思亂想。他隨手翻開幾封信（其中一封信中夾著一朵乾枯了的、繫著一根掉了些顏色的絲帶的花）——他只是聳了聳肩，朝壁爐看了一眼，就把信件扔了過去，也許是想著把這沒用的廢棄之物付之一炬吧。他的手從一個抽屜伸到另一個抽屜地忙著，突然他睜大了眼睛，慢慢捧出一個不大的老式八角盒，慢慢打開了盒蓋。盒子裡，在兩層發黃的棉布下面，是一枚鑲滿深紅色石榴石的小十字架。

他疑惑不解地對著這枚十字架凝神望了一會兒——突然輕輕地叫出聲來……臉上露出不知道是悔恨還是高興的表情。一個人出現類似的表情，通常是他突然邂逅一個久無音訊的人，一個他曾經溫柔地愛過的人，一個現在突然出現在他眼前、還是同樣那個人、卻被歲月完全改變了的人。他站起身，踱到壁爐前面，又坐回沙發椅中——又用雙手捂住臉……「為什麼是今天？剛好是今天呢？」他暗想著，他又回憶起許多早已逝去的陳年往事……

以下就是他回憶的故事……

但首先得交代一下他姓甚名誰。他叫薩寧，德米特里·巴甫洛維奇·薩寧。

以下就是他的回憶：

1

故事發生在一八四〇年夏天。薩寧剛過二十二歲，正從義大利返回俄羅斯，途中在法蘭克福短暫停留。儘管他家境不算富裕，但經濟也說得上自由，幾乎沒有家庭的拖累。一位遠房親戚去世後留給他幾千盧布——因而在赴任當差之前、在給自己徹底套上這副該死的軛頭（沒有這副軛頭，高枕無憂的生活對於他是無法想像的）之前，他決定出國旅行花掉這筆錢。薩寧不折不扣地完成了自己的計畫，而且他計畫得非常準確，在抵達法蘭克福的那一天，他身上所剩下的錢剛好夠他支付返回彼得堡的旅費。一八四〇年的鐵路還不普遍；男士旅行時通常租用四輪馬車出行。薩寧在「貝瓦金」[1]車廂裡面訂好一個座位；可是四輪馬車要到晚上十一點鐘才發車。時間很充裕，所幸天氣也極好，薩寧在當時非常有名的「白天鵝」賓館吃好午飯後，就逛街去了。他順路去看了丹涅克爾的阿莉阿德娜雕像[2]，他並不怎麼喜歡，還參觀了歌德故居，說明一下，歌德的作品他只讀過一本《維特》[3]——而且還是法文譯本；沿著美茵河畔走了一會兒，跟一個普通遊客一樣甚感無聊；終於，到了晚上六點，累極了，拖著沾滿灰塵的雙腳，他拐進了法蘭克福最不起眼的一條小街。正是這條小街讓他此後久久無法忘懷。街上不多的房子中，他看見有一幢懸掛著「喬萬尼．洛澤里義大利糖果店」的招牌，像在招攬過路客。薩寧走了進去，想買一杯檸檬水喝；但第一間屋裡簡易的櫃檯後面，像藥店似的油漆過的儲物層板上，擺放著幾個帶金色標籤的玻璃瓶和玻璃罐，裡面裝有麵包乾、巧克力餅乾和水果糖之類——這間屋裡一個人也沒有；只有一隻灰貓，在靠近窗戶的一張高高的藤椅上不時蹬著爪子、瞇著眼打呼嚕，在夕陽斜照下，地板上一個很大的紅絨線團閃耀著紅光，旁邊還有一個雕花木簍子倒扣在那裡。隔壁房間一陣騷動的聲音傳來。薩寧站了一會兒，讓門上的鈴聲響過之後，提高嗓門問道：「有人在嗎？」話音未落，隔壁房間的門一下子被推開了——薩寧不由得為之驚歎起來。

1 音譯自德語「Beiwagen」一詞，意即四輪馬車後面的拖掛車廂。

2《騎豹的阿莉阿德娜》群雕（一八一一三年）是德國雕塑家約根．葛英里赫．丹涅克爾（一七五八—一八四一）的名作。

3 即歌德的《少年維特的煩惱》。

2

糖果店裡急急忙忙跑進來一位年方十九歲的女孩，她烏黑的鬈髮披散在裸露的雙肩上，露著的雙臂往前伸著，一看見薩寧，就跑到他前面，一把抓起他的一隻手，要他跟她走，一邊氣喘吁吁地說：「快點，快點，到這邊來，救救人吧！」薩寧並非不願意服從，而是完全被驚呆了，所以沒有馬上跟著女孩走——好像在原地呆住了：他有生之年從未見過這般美人。她向他轉過身來，說：「您倒是走呀，走呀！」她的聲音裡、眼神中、痙攣地舉向蒼白臉頰的那隻握緊的手的動作裡，帶著如此的絕望，使得薩寧立刻緊跟著她衝進了敞開的那扇門。

他跟著女孩跑進去的房間裡，在一張過時的馬鬃長沙發上躺著一個約莫十四歲的小男孩，他一臉蒼白——白裡泛黃，好像蜂蠟或者古老的大理石一般，長得跟女孩像極了，顯然是她的弟弟。他雙眼緊閉，烏黑濃密的頭髮像一片陰影落在彷彿毫無生氣的額頭上，落在一動不動的細細的眉毛上；發青的嘴唇縫裡牙齒咬得緊緊的。他好像已沒有了呼吸；一隻手垂落到地板上，另一隻手擱到了腦後。男孩子穿著衣服，扣著扣子；一條窄領帶緊緊繫著他的脖子。

女孩慟哭地撲向男孩。

「他死了，他死了！」她大聲喊叫，「他剛剛還坐著跟我說話——但突然間就倒下了，不能動彈……我的上帝！難道就沒辦法了嗎？媽媽也不在家！龐塔列奧內、龐塔列奧內，醫生呢？」她忽然用義大利語說：「你去請醫生了嗎？」

「小姐，我沒去，我讓路易莎去請了。」門後一個嘶啞的聲音回答，接著，一個瘸著羅圈腿的小老頭走進房間，他身著黑鈕扣的淺紫色燕尾服，打著白色的高領結，穿粗布短褲和藍色的毛長襪。在一大團鐵灰色頭髮下面，他那一張小臉幾乎完全遮得看不見了。四周直直地翹上去又垂落下來的一綹綹蓬亂的頭髮，使得老頭的形象很像一隻鳳頭母雞——更加酷似的是，深灰色頭髮底色襯托下只有尖尖的鼻子和圓圓的黃眼珠子能勉強分辨出來。

「路易莎跑得比較快，我跑不了，」老頭還是用義大利語說，一瘸一拐地輪流挪動著扁平而患痛風的兩腳，腳上穿著一雙帶小蝴蝶結的高靿皮鞋，「您看，我把水送來了。」

他用那乾癟又滿是疙瘩的手指頭緊握著一個長頸玻璃瓶。

「但埃米爾都快要死了！」女孩喊著，兩手伸向了薩寧，「啊，我的先生，o mein Herr！[1] 您真的沒辦法救救他嗎？」

「得給他放血——這是中風。」那個名叫龐塔列奧內的老頭說。

雖說薩寧對醫學一竅不通，但他很確信地知道一點：一個十四歲的小男孩不可能得中風。

「這是暈厥，而非中風，」他對龐塔列奧內說道，「你們有刷子嗎？」

老頭仰起他那張小臉。

「什麼？」

「刷子，刷子。」薩寧用德語和法語又各重複了一遍。「刷子。」他做出給自己刷衣服的樣子，又說道。

老頭最後終於明白了他的意思。

「喂，是刷子！Spazzette[2]！怎麼會沒有刷子！」

「快把刷子拿到這裡來；我們幫他把外套脫掉——就開始給他摩擦。」

「好的……先生！要不要給他頭上灑點水？」

「不用……之後再說；現在趕快去拿刷子來。」

龐塔列奧內把瓶子放到地上，跑了出去，很快帶著兩把刷子又跑了回來，一把是梳頭髮的，一把是刷衣服的。跟著老頭進來的還有一隻獅子狗，拚命地搖著尾巴，好奇地望著老頭、女孩，還有薩寧——似乎想要知道，這驚慌失措到底意味著什麼？

薩寧連忙把外套從躺著的小男孩身上脫下來，解開他的衣領，捲起他的襯衫袖子——然後拿起刷子，用全身力氣為他刮擦胸部和雙手。龐塔列奧內也用另一把——刷頭髮的刷子——用力地刮男孩子的靴子和褲子。女孩跪著撲向沙發前面，雙手抓著自己的頭，眼睛一眨也不眨，緊緊地盯著自己弟弟的臉。

薩寧一面自己刮著——但自己又不時歪著頭去看女孩。我的上帝！多麼好的一位美人兒啊！

1 德語：啊，我的先生！
2 德語：刷子。

3

她的鼻子稍顯大一點，卻是漂亮的鷹鉤鼻，上嘴唇長的茸毛有點明顯；不過，光潔、蒼白的臉色無論象牙還是乳白的琥珀都無法與之媲美，她波浪形頭髮的光澤，則有如彼提宮裡收藏的阿洛里畫的尤迪菲[1]，特別是那一雙眼睛，眼瞳周圍鑲著一圈黑邊的深灰色眼睛，炯炯發光、端莊秀麗的大眼睛——哪怕此刻驚嚇和痛苦暗淡了這雙眼睛的光澤……薩寧不由自主地想起了他剛剛返回來的那個神奇的國度……即使是在義大利他也未曾見過這樣的女子！女孩的呼吸緩慢且不平穩；似乎無時無刻不在盼想著，她的弟弟開始恢復呼吸了嗎？

薩寧繼續為他擦熱身體；但薩寧也不止盯著女孩一個人看，龐塔列奧內與眾不同的形象也吸引了他的注意力。老頭子幾乎累垮了，大氣直喘；每用力刷一次都要跳起來一次，隨之發出尖利的哼叫，再加上汗涔涔的一大團亂髮笨重地四處亂飛，就好像被水沖刷掉泥土之後大樹的根。

「至少請您幫他脫下靴子吧。」薩寧想對他這樣說……

獅子狗看來是被眼前發生的不尋常的狀況刺激到了，突然前爪往前一趴，吠叫起來。

「Tartaglia-canaglia！[2]」老頭子噓牠……

但是，就在這一剎那，女孩臉上的表情起了變化。她的眉毛往上慢慢揚起，兩眼睜得越來越大，露出了喜悅的神情……

薩寧回頭一看……年輕人的臉上出現了血色；眼皮輕輕顫動……鼻孔也抖了一下。他透過仍然緊咬著的牙縫吸了一口氣，啊地歎出聲來……

「埃米爾！」女孩喊了一聲。「我的埃米利奧！」

一雙大大的烏黑眼睛慢慢睜開。目光雖然還比較遲滯，但已微微露出了笑容；這微弱的笑容又下滑到他蒼白的嘴唇那裡。隨後他動了動那隻垂著的手——揚起手來放到了自己的胸前。

「埃米利奧！」女孩又喊了一聲，欠起了身。她臉上的表情如此強烈、明亮，似乎不是眼淚就要奪眶而出，就是笑聲將要迸發出來。

「埃米爾！怎麼了？埃米爾！」門後傳來聲音——一位服飾講究、銀白頭髮、淡褐色皮膚的太太疾步走進房間。一位上了年紀的男人跟在她後面也進了屋；一位女傭的腦袋

1 阿洛里（一五七七—一六二一），義大利佛羅倫斯著名畫家；尤迪菲是阿洛里的一幅有名的肖像畫中的人物。

2 義大利語：塔爾塔利亞——小壞蛋！（原注）

在他身後一晃而過。

女孩朝他們迎面跑了過去。

「他獲救了，媽媽，他活過來了！」她喊道，一邊顫抖地擁抱剛進屋的女士。

「到底怎麼了？」她又問了一遍，「我回來的時候……就突然遇到醫生和路易莎……」

女孩就詳細講述了發生的事情，而醫生走到病人前面，小男孩已越來越恢復了知覺意識，始終微笑著：他好像在為自己闖下的禍而不好意思起來。

「我發現，你們用刷子給他擦熱過身體，」醫生向著薩寧和龐塔列奧內說，「你們做得好……好主意……現在讓我們看看，還能做點什麼……」他把了一下年輕人的脈，「嗯！讓我看看您的舌頭！」

太太關切地朝男孩俯下身。他又直率地笑了起來，抬起眼看了看自己的媽媽——臉又紅了……

薩寧覺察到他繼續留下已屬多餘；他從屋裡走出來到了店鋪裡。但還沒等他摸到臨街的門把手，女孩已經站在他的面前留住了他。

「您要走，」她說，一邊親切地望著他的臉，「我不能阻止您離開，但您今晚一定要再過來，我們非常感激您——可以說是您救了我弟弟：我們要感謝您——這是媽媽的意思。您該告訴我們，您是誰，您應該跟我們一起愉快地分享一下……」

「但我今天要坐車離開，去柏林。」薩寧有點結結巴巴地說。

「您會來得及的，」女孩連忙解釋道，「過一個小時後，您來喝一杯熱巧克力。您答應嗎？我該再去看看弟弟了！您能來嗎？」

薩寧還能怎麼樣？

「我會來。」他說。

美人兒飛快地握了一下他的手，小鳥般地飛跑開了——於是，薩寧又走上了街。

4

過了大約一個半小時，薩寧回到洛澤里糖果店的時候，他受到了賓至如歸的接待。埃米利奧還坐在那個他躺著被擦熱身體的沙發位置；醫生又給他開了一些藥並囑咐「特別留意情緒不能過度刺激」，因為情緒激動的人心臟比較不好。他以前也曾暈厥過；但持續的時間從沒這麼久又這麼嚴重。不過，醫生說了，一切危險都過去了。作為一名正在復元的病人，埃米爾穿的那件寬鬆的長袍很適合他；媽媽給他脖子上圍了一條淺藍色三角羊毛披肩；但他看起來很開心，跟過節一樣興高采烈；他周圍的氣氛也一樣喜氣洋洋。沙發前的圓桌上鋪上了乾淨的桌布，香氣四溢的熱巧克力擺了一圈，還有裝滿水果茶的長頸玻璃罐、餅乾、白色小麵包，甚至還擺上了鮮花——還有一把碩大的瓷製咖啡壺。兩盞老式的銀製燭臺上燃著六根小蠟燭；長沙發一端，一把伏爾泰式圈椅柔軟地敞開懷抱——薩寧正是被請上這把椅子就坐。那一天糖果店的全體成員無一例外他都認識了，他們悉數出席作陪，包括獅子狗塔爾塔利亞和小公貓。大家都感到一種說不出的幸福；獅子狗甚至高興得打起了噴嚏；小公貓還是那樣裝出怡然自得的樣子，瞇著眼。

薩寧硬是被要求說出他是哪裡出生的、從哪裡來、叫什麼大名；當他告訴他們，自己是俄羅斯人時，兩位女士都有點吃驚，甚至「啊」的一聲喊了出來——並且馬上異口同聲地說，他的德語發音真是太棒了；但若是他講法語更方便的話，那他也可以講法語——因為她們倆的法語很好，能聽會說。薩寧馬上就採納了她們的建議。「薩寧！薩寧！」兩位女士沒想到俄羅斯的姓氏發音也可以如此輕鬆。他的名字「德米特里」——也很令人喜愛。年長的女士說，她年輕的時候聽過一部很棒的歌劇《Demetrio e Polibio》[1]，但是「德米特里」比「德米特里奧」要好很多。

就這樣，薩寧聊了一個小時左右。兩位女士也把自己生活的所有細節跟他分享。說得比較多的是媽媽，那位頭髮花白的太太。薩寧從她那裡知道，她的名字叫萊諾拉·洛澤里；丈夫喬萬尼·巴提斯塔·洛澤里去世後她一直孀居；她的丈夫二十五年前遷居來法蘭克福做糖果點心商；還有，喬萬尼·巴提斯塔出生在維欽茨，是一個好人，儘管他性格有點暴躁與傲慢，況且他還是個共和主義者！說到這裡，洛澤里太太指了指掛在長沙發上方的她丈夫的一幅油畫肖像。應該說，那位油畫家，正如洛澤里太太歎口氣指出的那樣——「也是一位共和主義者」，並未能抓住人物特點，因為肖像畫上已故的喬萬

1 義大利語：《德米特里奧與波利比奧》。義大利著名作曲家羅西尼（一七九二—一八六八）根據溫切琴娜·維加諾-莫穆貝里的歌劇劇本創作的一部兩幕歌劇。

尼・巴提斯塔看起來更像一位陰沉嚴酷的海盜——就像小說中的那位強盜里納爾多・里納爾基尼一樣！

洛澤里太太本人出生於「古老而美麗的帕爾馬城，那裡有萬古流芳的柯雷喬[2]畫筆下那樣美妙的圓屋頂」，但因為久居德國，她差不多已完全被德國化了。隨後她憂鬱地搖搖頭，又補充說，現在她就只有這個女兒和這個兒子了（她逐一指了指他們）；女兒叫傑瑪，兒子叫埃米爾；他們兩個都是非常好和聽話的乖孩子——特別是埃米爾（「我不聽話嗎？」女兒馬上插話。「看吧，你也是一位共和主義者！」媽媽回答）；生意跟丈夫生前相比當然是越來越差了，丈夫在糖果業方面可算得上是一位大師（「Un grand' uomo![3]」龐塔列奧內一臉嚴肅地附和了一句）；但不管怎樣，感謝上帝，日子還過得去！

2 即安東尼奧・柯雷喬（一四八九—一五三四），義大利早期創新派畫家，壁畫裝飾藝術的開拓者，也是文藝復興鼎盛時期最偉大的畫家之一。

3 義大利語：一個偉大的人！

5

傑瑪聽母親說話時——時而笑一笑，時而歎歎氣，時而撫摩媽媽的肩，時而又用手指嚇一下媽媽，時而望望薩寧一眼；最後她站起身，摟著母親並吻了吻她的脖子——吻到了脖窩，結果母親咯咯笑個不停，甚至尖叫起來。

龐塔列奧內也被介紹給了薩寧認識。原來，他曾經是一名歌劇男中音歌手，但早已終止了自己的戲劇生涯，在洛澤里家族中扮演著介於朋友和傭人之間的一種角色。儘管他在德國生活得夠久，德語卻學得並不好，只會用德語罵人，而且那些罵人話也被他歪曲得不成樣子了。「該死的騙子！[1]」——差不多每個德國人都被他這樣罵過。而義大利語他卻講得非常流利近乎完美，因為他生在西尼加利亞，那個地方能聽到「lingua toscana in bocca romana」[2]。

看得出來，埃米利奧一直過著舒適的生活，沉浸在一個人剛脫離危險或剛恢復健

1 德語「verfluchte Spitzbube」（原注）。原文是根據德語發音用俄語字母拼寫的，但並不準確規範，說明老頭的德語不佳（譯注）。

2 義大利語：羅馬人常說的托斯康語。（原注）

康時的那種愉快感覺中；除此之外，一切都表明了，家裡人寵著他。他靦腆地感謝了薩寧，那之後更多的是在拚命喝甜果汁和吃各種糖果。

　　薩寧必須喝掉兩大缸子非常可口的熱巧克力，吃完相當數量的餅乾：他剛吞下一塊，傑瑪又給他遞上另一塊——根本不可能拒絕！他很快就感覺跟在家裡一樣：因為時間過得實在是太快了。他講了很多，講俄羅斯的概況，講俄羅斯氣候，講俄羅斯的風土人情，講俄羅斯男人並特別講了哥薩克；講一八一二年發生的戰爭，講彼得大帝，講克里姆林宮，還講了俄羅斯歌曲和大鐘。

　　兩位女士對於我們這個幅員遼闊又非常遙遠的國家所知甚少；洛澤里太太，或者像人家常常稱呼的那樣，萊諾拉太太提了一個讓薩寧很吃驚的問題：彼得堡是否仍然存在著上世紀建成的那座著名的冰宮？因為不久前她剛讀了一篇如此有趣的文章，是已故丈夫留下的一本《Bellezze dell earti》[3]裡面寫到的。薩寧回答道：「難道您認為俄羅斯從沒有夏天？」這令萊諾拉太太驚歎，繼而她反駁說，直到現在，她想像中的俄羅斯一直是這樣：常年下雪，人人都穿毛皮大衣，個個都當兵——但一律非常好客，而農民都很溫順。薩寧盡可能地將比較準確的資訊講給她和她的女兒聽。

　　當談到俄羅斯音樂的時候，她們立即邀請他隨便唱一段俄羅斯歌劇中的詠歎調，並將房間裡一架小巧的鋼琴指給他看，但那架鋼琴的黑白鍵位置是剛好相反的。他沒有過多客氣就答應了，他用右手的兩根手指和左手的三根手指（拇指、中指、小指）為自己伴奏——先是用高亢的帶鼻音的男高音唱了段《薩拉芳》，接著又唱了一首《馬路上》。女士讚賞了他的嗓子和他彈奏的曲子，對於俄語的柔美和嘹亮更是讚歎不已，她們請他把歌詞翻譯出來。薩寧滿足了她們的要求，但因為《薩拉芳》，特別是《馬路上》（sur une rue pavée une jeune fille allait à l'eau）[4]的歌詞他只將原文的大意轉述出來——沒辦法喚起他的女聽眾對於俄羅斯詩歌很深的理解，於是他先朗誦、接著翻譯、最後唱了葛令卡譜曲成歌的普希金的一首詩：《我記得那美妙瞬間》，其中小調中的幾節他有點唱錯了。女士一下子興奮起來——萊諾拉太太甚至發現了俄語、義大利語中有驚人相似的地方：「瞬間」與「O, vieni」[5]，「跟我一起」與「siam noi」[6]等的發音都很相似，諸如此類。甚至一些名字：普希金（他們發音成：普謝金）與葛令卡的發音令她感到有點故鄉義大利的味道。

3 義大利語：《藝術之美》。（原注）

4 法語：走在鋪滿鵝卵石的路上，年輕的女孩去汲水。（原注）

5 義大利語：喂，請過來。（原注）

6 義大利語：是我們。（原注）

薩寧也邀請女士唱點什麼：她們也沒顯得拘謹。萊諾拉太太坐到鋼琴前，跟傑瑪合唱了幾首歌劇二重唱和義大利民歌《斯托爾涅洛》。母親曾是個不錯的女低音；女兒的嗓音稍顯單薄，但很動聽。

6

但薩寧欣賞的不是傑瑪的歌聲，而是她本人。他坐在她側面靠後一點的地方，暗想，任何一棵棕櫚樹——哪怕是當時時髦詩人別涅季克托夫[1]詩歌中的棕櫚樹也無法與傑瑪優雅苗條的身材媲美。當她唱到動情處，舉目仰望的時候，他覺得沒有哪一片天空不會為這樣的注目而敞開。就連肩膀倚著門框、下巴和嘴被寬大的領結遮住的龐塔列奧內老頭也在莊重地聆聽，帶著行家的姿態，他也在欣賞女孩的姣好臉龐並為之驚歎——按說，他應該早就習以為常了！跟女兒唱完了二重唱之後，萊諾拉太太說，埃米利奧的嗓子也非常棒，是真正的銀鈴嗓音，但他現在正進入嗓子變聲的年齡（他說話的聲音的的確確就像是不斷被毀壞了的男低音），正因為如此才不讓他唱歌；倒是龐塔列奧內，為向客人致敬，可以飆幾首老歌！龐塔列奧內馬上顯出不情願的樣子，皺了皺眉頭，把頭髮撓得亂七八糟立起來，宣稱他早就不幹這行了，儘管年輕的時候可以當仁不讓——本來他就屬於那個偉大的時代，真正的、經典的歌手輩出的時代——今天那些個尖嗓子

1 即弗拉基米爾・別涅季克托夫（一八〇七—一八七三），俄羅斯詩人，翻譯家。

的鬼哭狼嚎哪裡是他們的對手！那才是歌唱的真正流派。他，來自瓦雷澤的龐塔列奧內．齊帕朵拉，榮獲過一次莫德納桂冠，劇院因此舉行了放飛白鴿的儀式；還有，一位俄羅斯公爵塔爾布斯基——il principe Tarbusski，跟他關係最要好，經常邀請他去俄羅斯一起共進晚餐，承諾送他堆得像山一樣的金子，像山一樣！……但他不願意離開義大利，但丁的國度——il paese del Dante！

「後來，當然啦，是因為發生了……不幸事件，他自己不夠小心所致……」老頭這時打住了自己的話頭，深深地歎了兩口氣，垂下眼睛——隨後又開始談論起歌唱的經典時代，談論起自己對之懷有無限敬仰、無限尊敬的著名男高音賈西亞。

「這才是個人物！」他感歎道，「偉大的賈西亞——il gran Garcia——永遠都不會自卑到像現在那些男高音——tenoracci——要用假聲來唱：他所有的歌都是用胸音、用胸音來唱，voce di petto, si！[2]」老頭用瘦小乾癟的拳頭用力捶打自己的領結，「多麼好的一個演唱家啊！一座火山，signori miei[3]，一座火山，un Vesuvio[4]！我很榮幸地與他同臺演唱dell'illustrissimo maestro[5]羅西尼的歌劇——《奧賽羅》！賈西亞演奧賽羅——我演伊阿古——而當他唱起這一句……」

這時龐塔列奧內扮演成賈西亞演奧賽羅的場景，開始用顫抖、嘶啞但依然扣人心弦的聲音唱起來：

L'i...ra daver...so daver...so il fato
Lo più no...no...no...non temerò![6]

「整個劇院都在顫抖，各位先生，但我也不甘示弱；我也接著他唱：

L'i...ra daver...so daver...so il fato
Temèr più non dovro![7]

「突然，他——像閃電、像猛虎般唱出：

---

2 義大利語：用胸音唱，就是！（原注）
3 義大利語：我的先生們。（原注）
4 義大利語：維蘇威火山。
5 義大利語：最傑出的歌劇大師。（原注）
6 義大利語：憤怒……命運……我將不再害怕。（原注）
7 義大利語：憤怒……命運……我不應該害怕。（原注）

Morro!...ma vendicato...[8]

「再例如，當他唱到……當他唱到取自《Matrimonio segreto》[9]中的那句著名詠歎調：Pria che spunti[10]……這時他，偉大的賈西亞，在那一句I cavalli di galoppo[11]之後再接著唱Senza posa cacciera[12]的時候，您聽聽，多麼了不起，com'è stupendo[13]！這時他來了一個……」老頭來了一個不同尋常的花腔——但在第十個音調上被絆了一下，咳嗽起來，他揮了一下手，轉過身來嘟囔著說：「你們何苦要折騰我？」傑瑪立即從椅子上跳了起來，響亮地鼓掌叫好，喊道：「好！……好！」她跑到可憐的退役了的伊阿古面前，兩手輕輕地拍了拍他的肩膀。只有埃米爾一個人一點同情心都沒有地在笑。Cet âge est sans pitié——這個年齡無憐憫——拉・封丹[14]早就說過。

薩寧試圖安慰一下這位年邁的歌手，就跟他用義大利語交談（這是他在自己最後這段旅行期間粗略學到的幾句）——說了一句「paese del Dante, dove il si suona」[15]。這句之後再加一句「Lasciate ogni speranza」[16]就構成這位年輕旅者義大利詩意之旅的全部行囊了；但龐塔列奧內對他的巴結逢迎並不領情。他把下巴頦往領結裡埋得比任何時候都更深了，愁眉苦臉地瞪著眼睛，又再次變得像一隻鳥，還是一隻憤怒的鳥——

說不上是烏鴉還是老鷹。這時埃米爾，就跟被寵壞的孩子常常發生的那樣，一下子微微紅了一下臉，對著姊姊說，如果她想要讓客人高興，沒有比姊姊為客人讀一段馬爾茨喜劇更好的主意了，因為馬爾茨喜劇她讀得非常好。傑瑪笑了起來，拍了一下弟弟的手，說他「總能想出點子來」，不過她馬上走進自己的房間，而回來的時候已捧了一本不太厚的書在手裡，坐到有檯燈的桌子後面，環視了一下四周，舉起一根手指頭示意「請安靜」——典型的義大利式動作——便開始朗讀起來。

---

8 義大利語：寧願死去……但也要復仇……（原注）

9 義大利語：《祕婚記》。義大利作曲家齊馬羅沙（一七四九—一八〇一）作曲於一七九二年，十八世紀義大利喜歌劇集大成之代表作，由貝爾塔蒂根據科爾曼和加里克的喜劇《祕密婚禮》腳本改編而成。

10 義大利語：太陽升起之前。（原注）

11 義大利語：駿馬奔馳。（原注）

12 義大利語：一刻不停地策馬追趕。（原注）

13 義大利語：簡直太棒了。（原注）

14 讓．德．拉．封丹（一六二一—一六九五），法國古典文學代表作家之一，寓言詩人。他的作品經後人整理為《拉．封丹寓言》，與古希臘寓言詩人伊索的《伊索寓言》及俄國作家克雷洛夫所著的《克雷洛夫寓言》並稱為世界三大寓言。

15 義大利語：聽得到義大利語的但丁的國家。（原注）

16 義大利語：拋棄一切希望。（原注）

7

馬爾茨是法蘭克福三〇年代的小說家，採用方言寫作，在他短小精悍、素描般的喜劇作品中使用詼諧幽默、流暢活潑、也不太艱澀的筆觸，刻畫出法蘭克福當地的風土人情。的確，傑瑪的朗讀非常出色，簡直跟專業演員一樣。她著意渲染每一個角色，帶著義大利血液中遺傳給她的生動的面部表情，出色地把握住了角色的性格特徵；不管是糊裡糊塗的老太婆，還是愚蠢透頂的行政長官，需要表演的時候，她既不吝惜自己溫柔的嗓音，也不在意作踐漂亮的臉龐，她會做出最滑稽的鬼臉，瞇起眼睛，蹙起鼻子，故意發不好顫音，學著尖聲說話……朗誦時她自己不笑；可是當聽眾（當然，龐塔列奧內除外：剛一讀到quel ferroflucto Tedesco[1]，他立即忿忿不平地走開了）友好的哈哈大笑聲爆發出來打斷她的時候，她把書往膝蓋上一擱，頭往後一仰，自己也放聲大笑起來，她一圈一圈烏黑柔軟的鬈髮在她的脖頸和抖動的肩膀上跳躍。笑聲一停，她立刻拾起書，臉上重新回到角色應有的表情，認真地朗讀起來。薩寧不可能不對她讚歎不已；特別讓他不解的是，如此國色天香的面容怎麼突然做出如此滑稽可笑、有時幾乎是庸俗不堪的表情？而對於那些妙齡少女、所謂「jeunes premières」[2]的角色，傑瑪朗讀起來就顯得差強人意；特別是那些談情說愛的場景，她讀得不太成功；她自己也覺察到了這一點，所以朗讀時賦予了一點嘲弄的渲染，好像她並不相信所有那些信誓旦旦和過分誇張的言辭，再說，劇本作者本人也在極力克制這一點。

一個晚上已經過去了，薩寧還不知不覺，直到晚上十點的鐘聲敲響，他才想起自己要旅行的事。像被蟲螫了似的，他一下從圈椅裡跳了起來。

「您怎麼啦？」萊諾拉太太問他。

「其實我今天必須坐車到柏林去——馬車座位都已預定好了！」

「那馬車是幾點出發？」

「十點半！」

「哎呀，這樣的話，您已經來不及了，」傑瑪說，「請您留下來吧……我可以接著朗讀。」

「車費您全都付了還是只付了定金？」萊諾拉太太好奇地問道。

「全都付了！」薩寧扮出一副誇張的哭臉，喊道。

---

1 義大利語和德語：某個該死的德國人。（原注）

2 法語：女主角。（原注）

傑瑪微微瞇起眼睛看了他一眼——忍不住笑了起來，母親呵斥了她。

「年輕人白花了錢，你還在笑！」

「沒關係，」傑瑪回答，「這又不會讓他破產，我們來盡量安慰他吧。喝檸檬水嗎？」

薩寧喝了一杯檸檬水，傑瑪又接著讀馬爾茨的小喜劇——一切又都進展得順順利利。

到十二點了。薩寧起身告辭。

「現在您需要在法蘭克福停留幾天了，」傑瑪對他說，「您急什麼呢？在別的城市未必更開心。」她小聲嘀咕。「絕對，不會的。」她說完就笑了。薩寧什麼也沒回答，他想的是，他準備找柏林的一位好友借點錢，在朋友沒有回覆之前，錢包空空的他也只能迫不得已滯留在法蘭克福了。

「留下吧，留下吧，」萊諾拉太太也這麼說，「我們要介紹您跟傑瑪的未婚夫卡爾・克柳別爾先生認識。他今天沒來是因為他在忙店裡的事……在策利街有一家最大的呢絨絲綢商店，您是否看見過？對，他就是那裡的總管。但他一定會非常高興向您自我介紹的。」

這個消息——上帝才知道為何——讓薩寧稍微有點倉皇失措。「這個未婚夫真是個幸運兒！」他腦海裡閃念了一下。他又望了一眼傑瑪——但他覺得，他窺見了她眼睛裡的一種嘲諷的表情。

於是他鞠躬告辭。

「那麼明天見？對嗎，明天見？」萊諾拉太太問。

「明天見！」傑瑪帶著毫不懷疑和確定的口氣說道，好像不可能有別的選擇。

「明天見！」薩寧回應。

埃米爾、龐塔列奧內和獅子狗塔爾塔利亞一路送他到街角。龐塔列奧內還是忍不住對傑瑪的朗讀表達了自己的不滿。

「她真不知差恥！裝腔作勢，尖聲尖氣——una carricatura[3]！她應該演一演墨洛珀[4]或者克呂泰涅斯特拉[5]——類似這些偉大的悲劇角色，但她卻去滑稽地模仿某個下流的德國女人！要是這樣，我也能演……梅爾茨、凱爾茨、斯梅爾茨[6]。」——他張開五指，把面孔往前埋得更深，用沙啞的聲音說道。塔爾塔利亞對他吠叫起來，而埃米爾開心大笑。老頭陡然一轉身回去了。

---

3 義大利語：一副滑稽相！

4 古希臘神話中亞特拉斯和普勒俄涅的女兒，科林王西西弗斯的妻子。

5 古希臘神話中的人物，她殺了親夫阿加曼農王，後被其子俄瑞斯忒斯所殺。

6 這幾個詞都是龐塔列奧內根據「馬爾茨」這個詞編造出來的同一字尾的詞，以表達他對這個小喜劇作家的蔑視。

薩寧回到了白天鵝賓館（他已把行李寄存在了大廳裡），心亂如麻。那些德語、法語、義大利語相夾雜的所有談天說地一股腦兒地迴響在他耳畔。

「未婚妻！」他躺在為他隔開的簡陋房間的床上，自顧自小聲說道，「而且還真是個美人！但我又是為了什麼留在這裡呢？」

不過，翌日他還是給他柏林的好友寄去了一封信。

8

他還未來得及穿戴整齊，酒店侍者就跑來向他通報有兩位先生來拜訪他。其中一位是埃米爾；另一位相貌堂堂、身材魁梧、臉型俊朗的年輕男子就是卡爾·克柳別爾先生[1]，美人兒傑瑪的未婚夫。

應該這樣說，當時在整個法蘭克福任何一家商店都找不到像克柳別爾先生這樣彬彬有禮、體面、莊重、殷勤周到的銷售主管了。他無可挑剔的裝束與他的氣宇軒昂和優雅是完全相輔相成的——當然，他稍顯迂腐和拘謹，有點英倫派頭（他在英格蘭生活過兩年）——但他還是很有魅力、風度翩翩！第一眼就看得很清楚，這位俊朗、稍顯嚴厲、受過很好教育、同時又打扮得非常光鮮的年輕人很習慣對上唯命是從，對下則發號施令，在自家商場裡的櫃檯邊毫無疑問地一定會贏得顧客的尊敬！對他超乎尋常的誠實正直不能有半點懷疑：這一點，從他漿得筆挺的衣領就可見一斑！而他的嗓音也是大家應該能意料到的：渾厚、充滿自信的圓潤，但並不過分洪亮，音質中甚至帶著一點陰柔。

1「先生」一詞原文為「repp」，來自德語「Herr」，以示鄭重其事和尊敬。

這樣的嗓音特別適合向下屬售貨員下達指令：「把那匹里昂大紅絲絨拿過來！」或者：「給這位太太搬一把椅子坐！」

克柳別爾先生作自我介紹時，先舉止優雅地躬了躬身，又令人賞心悅目地兩腳併攏並恭敬地讓兩個腳後跟一碰，無論是誰都會感到：「這個人由外到裡，品質都是一流的！」脫掉手套的右手（左手戴著瑞典手套，端著一頂刷得光亮如鏡的禮帽，裡面放著脫下的另一隻手套）——這隻他謙遜地、卻又堅定地伸向薩寧的右手修剪得超出了所有可能的想像：每一片指甲都可以說是完美無瑕！接著他操著一口最文雅的德語說道，他想向這位給予他未來的親戚、他未婚妻的弟弟重大幫助的外國先生表達自己的敬意和感激；說這話的時候，他用舉著禮帽的左手指向埃米爾那邊，但埃米爾好像害羞起來，轉身朝向了窗戶，一根手指頭放進了嘴裡。克柳別爾先生又補充說道，假如他哪一方面有能力為外國先生做點什麼，他將倍感榮幸。薩寧有些費力地也用德語答話說，他很高興那樣做……還說他的幫助微不足道……他請客人都就坐。

克柳別爾先生道了謝——頃刻間撩起燕尾服的後襬，坐到椅子上，但他坐得如此之輕，如此不實，讓人不難明白：「這個人坐下只是出於禮貌——隨時都會咚的一下起身離開！」果不其然，他立即飛身站起，有點不好意思地倒著兩腳，跟跳舞似的，他解釋說，很抱歉，他無法繼續停留，因為急著趕去商場——生意第一嘛！——但因為明天是星期天，他在徵得萊諾拉太太和傑瑪小姐的同意之後，已經安排好了去索登的郊遊，他誠邀外國先生賞光參加，並表示希望他願意用親自出席為郊遊助興添彩。薩寧接受了他的邀請——克柳別爾先生再次自我介紹之後，他那最柔和的豌豆色褲子漂亮地一閃一閃，最新款式的靴子的靴底同樣漂亮地嘎吱嘎吱地響著，人就離開了。

9

埃米爾甚至在薩寧邀請他「請坐」之後，仍然面朝窗戶站著，而他未來的親戚剛一走出房門，他就立刻向左轉了一圈，孩子氣地扮了一個鬼臉，紅著臉問薩寧，他能否在他這裡多待一會兒。「今天我感覺好多了，」他又說，「但醫生還是不讓我活動。」

「您留下吧！您一點也不妨礙我。」薩寧立即高聲說道，他和任何一個典型的俄羅斯人一樣，總是高興利用每一次碰到的機會，只要讓自己不陷入必須要做點什麼事情的境地就好。

埃米爾向他道了謝——並在最短的時間內完全適應了如何與他相處，包括熟悉他的房間；翻看他的每一件物品，幾乎對每件東西都想問個究竟：他在哪裡買的，價錢多少？幫他刮臉時，埃米爾順帶指出，他不留鬍鬚太可惜了；最後他還一五一十地告訴了薩寧很多細節情況，包括他的母親、姊姊、龐塔列奧內，甚至包括獅子狗塔爾塔利亞，關於日常生活的所有瑣事。埃米爾一點膽怯都沒有了；他忽然感覺到了一種對薩寧超乎尋常的喜歡——完全不是因為這個人前一天救過他的命，而是因為他這個人真的如此討人喜歡！他把自己所有的祕密都立即告訴了薩寧。他帶著特別的興致強調說，媽媽就想把他培養成為商人——而他知道並確信，他生來就是藝術家、音樂家、歌唱家；他說演戲才是他真正的志向；還說甚至龐塔列奧內都鼓勵他，可是克柳別爾先生支持媽媽的想法，而媽媽受他影響又很大，要把埃米爾培養成一名生意人的想法就是他的主意，按照他的理解，世界上沒有比商人的稱號更好的了！兜售呢料和絲絨，連哄帶騙，從顧客那裡賺取「Narren-oder Russen-Preise」（傻瓜般的，或稱之為俄羅斯價格）[1]——這就是他的理想！

「好啦！現在該到我們家去了！」他等到薩寧梳洗打扮完畢並寫好了發往柏林的信之後，高聲說道。

「現在還早。」薩寧說。

「沒關係，」埃米爾熱絡地跟他說，「我們走吧！我們先順道去一下郵局，從那裡再去我們家。傑瑪一定會非常高興您的光臨！您可以在我們家吃早餐……而至於我、至於我的職業前程，您還可以跟媽媽說點什麼的……」

「好吧，那我們走吧。」薩寧說，於是他們出發了。

1 過去（是的，直到現在可能也未能絕跡），每到五月，許多俄羅斯人就蜂擁來到法蘭克福，所有的商店都抬高價錢，並因此得名「俄羅斯的價格」，或者——唉！——「傻瓜般的價格」。（原注）

10

傑瑪確實非常高興他能來，而且萊諾拉太太也很友善地歡迎了他：可見前一天他給兩位留下的印象很好。埃米爾跑去張羅早餐，事先就附在他耳邊說：「請您別忘了說！」「不會忘的。」薩寧說。萊諾拉太太有點不舒服：她有偏頭痛——半躺在圈椅裡竭力保持不動。傑瑪穿一件寬大的米黃色短衫，一條黑色腰帶收緊它；她也略顯疲倦，臉色微微發白；淡淡的黑眼圈讓她那雙眼睛顯得發暗，但是光澤不減，而蒼白的臉色賦予了她的臉龐一種神祕、可愛、古典端莊的美。而那一天最讓薩寧傾倒的是她那雙手的精緻之美；當她用手捋著並攏住自己烏黑發亮的鬈髮時——他的目光無法從她好像拉斐爾畫的佛娜里娜那樣靈巧、修長而又錯落分開的手指上挪開。

外面天氣很熱；早餐過後，薩寧本想離開，但人家告訴他，這樣的天氣最好待在原地不動，於是他表示同意，留了下來。他和兩位女主人坐著的裡間很涼爽；窗戶外是種滿金合歡的小花園。密密匝匝的樹枝上滿是金色的花朵，眾多的蜜蜂、胡蜂、熊蜂和諧地、貪婪地嗡嗡鳴叫；這一刻不停的鳴叫聲透過半遮半掩的護窗板和垂下的窗簾傳到房間裡：說明外面空氣中充斥著炎熱——這正好讓關著窗戶的舒適居所裡的涼爽顯得更宜人了。

跟昨天一樣，薩寧也談了許多，但沒有再談俄羅斯和有關俄羅斯生活的情況。為了迎合自己那位吃完早餐就被打發到克柳別爾先生那裡做實習會計的年輕朋友，他把話題引到了如何比較藝術和商業兩者的利弊上來。他並不奇怪萊諾拉太太更贊同商業，他已預料到了；可是傑瑪竟然也贊同她的意見。

「倘若你是藝術家，尤其是歌唱家，」她強調說，一邊用手從上往下用力一揮，「那就必須要是第一流的！第二流根本沒用；但誰知道，你能不能成得了第一流呢？」

龐塔列奧內也跟著一起聊（作為一名服務多年的僕人和長者，甚至主人在場時他都被允許上桌；反正義大利人在禮儀方面一般都不拘小節）——龐塔列奧內當然像一座山一樣堅定地支持藝術。但說老實話，他的論據實在是太軟綿無力了：他一味在講什麼首先要擁有d'un certo estro d'inspirazione（某種靈感的爆發）！萊諾拉太太跟他說，他當然擁有這種「靈感」，可是呢……

「我得罪人了。」龐塔列奧內憂鬱地說。

「你怎麼知道（眾所周知，義大利人，很容易就『以你互稱』），一旦埃米爾有『靈感』出現，他就不會得罪人呢？」

「那要是這樣的話，還是讓他成為一個生意人吧，」龐塔列奧內不無沮喪地說，

「喬萬尼．巴提斯塔絕不會這樣做的，儘管他自己當了糖果商！」

「喬萬尼．巴提斯塔，我的丈夫，是個理智的人——雖然年輕時也曾迷戀……」

但老頭已經不想再聽——就走開了，臨走時責怪地說了一句：「唉！喬萬尼．巴提斯塔！……」

傑瑪大聲說，假如埃米爾認為自己是愛國者，願意為了義大利的解放貢獻出自己全部的力量，那麼，為了這一崇高而神聖的事業，當然可以把衣食無憂的前途犧牲掉——但不是為了演戲！此時萊諾拉太太激動起來，開始央求女兒至少不要把自己的弟弟引入歧途，滿足於她自己已是這麼一位無可救藥的共和主義者就行了！說完這些話，萊諾拉太太哼哼起來，喊著頭痛，說她的頭都要「裂開了」（出於對客人的尊敬，萊諾拉太太跟女兒用法語交談）。傑瑪立刻開始伺候她，先是灑了一點花露水，輕輕地往她額頭上吹氣，輕輕地吻她的臉頰，幫她把頭枕到枕頭上，不許她再說話——並且又吻她。然後，朝著薩寧，她用半開玩笑、半動感情的聲調說，她的媽媽多麼出色，她媽媽曾經多麼漂亮啊！「我說什麼呀：曾經！她現在就很迷人。您看呀，您看呀；她那雙眼睛！」

傑瑪一眨眼就從口袋裡掏出一塊手帕，用它蓋住了母親的臉，再慢慢地把手帕邊從上往下移動，讓萊諾拉太太的額頭、眉毛和眼睛一點一點依次露出來；等了一會兒，就請媽媽睜開眼睛。當媽媽照著她說的做，傑瑪驚歎得喊了出來（萊諾拉太太的眼睛真的非常漂亮）——然後將手帕從自己母親的臉部略欠端正的下半部分迅速滑過，再次撲過去親吻母親。萊諾拉太太笑了，輕輕地躲閃，佯裝用力推開自己的女兒。女兒也順勢假裝跟母親纏鬥，跟母親親暱——但不是小貓般的，也不是法式的，而是義大利風情式的，也就是其中總能感覺到一種力度的親暱。

最後，萊諾拉太太說她累了……這時，傑瑪就建議她睡一下，就在原地，在圈椅裡，「而我跟俄國先生呢——avec le monsieur russe——我們會非常安靜，安靜得……像兩隻小老鼠——Comme des petites souris。」萊諾拉太太對她笑了笑算是回答，合上兩眼，深呼吸了幾下，就打起了盹。傑瑪立即坐到她身邊的長椅上，就再也沒挪動過了，只是偶爾將一根手指頭舉到嘴唇邊——她的另一隻手枕在了母親頭下面的枕頭上——看到薩寧身體有一點動了的時候，她才斜著瞥他一眼，很小聲地發出噓聲。結果導致了，薩寧就像凍僵在那裡一樣，坐著一動不動，簡直像著了魔，全心全意欣賞這間半明半暗的房間所呈現的景象：老式的綠色玻璃杯插滿了新鮮、華麗的玫瑰花，到處是閃耀和震盪的點點紅光，一位熟睡的夫人雙手微微蜷縮，而枕頭上面那隻雪一樣白皙的手臂勾勒出她慈眉善目、倦怠的臉部輪廓，還有這位絕代佳人，年輕、敏銳、機警、善良、聰慧而純潔無瑕，長著一雙深邃、烏黑、儘管有著黑眼圈卻仍然閃閃發亮的大眼睛……這是什麼呢？夢？神話故事？而他怎麼會在這裡呢？

11

掛在門把手上面的鈴鐺叮噹響了一聲。一位戴著皮毛帽子、穿著紅色背心的鄉下年輕人從街外走進了糖果店。一整個早上還沒有一位顧客光臨小店……「看我們這生意怎麼做的！」吃早餐的時候，萊諾拉太太歎著氣對薩寧說道。她還在打著盹；傑瑪擔心手從枕頭下抽不出來，就小聲跟薩寧說：「您去一下，幫我做做生意吧！」薩寧馬上踮起腳跟走進店裡去。年輕人要買四分之一磅的薄荷糖餅。

「收他多少錢？」薩寧隔著門小聲問傑瑪。

「六塊十字幣！」她也小聲回答。薩寧稱好了四分之一磅，又找到了一張包裝紙，捲成一個角，包好了甜餅，又拆開，又包了一遍，又拆開，終於包好了遞出去，收好錢……年輕人奇怪地看著他，一邊拿著帽子在肚子上揉，而隔壁房間傑瑪捂著嘴幾乎快要笑死。這一個顧客還沒走呢，另一個又來了，接著是第三個……「看來，今天我的手氣不錯！」薩寧想。第二個顧客買了一杯果汁，第三個買了半磅水果糖。薩寧一一為他們弄好，與匆匆地敲著小勺，碟子拿過來送過去，手在那些抽屜和罎罎罐罐中俐落地忙來忙去。最後人走了，一算帳才發現，果汁他賤賣了，而水果糖卻多收了兩個十字幣。傑瑪偷偷笑個不停，薩寧自己也感到異常開心，心底體驗到了一種特別幸福的情愫。似乎他寧願就這樣一輩子站在櫃檯後面賣水果糖和果汁，更何況此刻那位可愛的人兒還透過門縫用善意的嘲諷眼神看著他呢。而夏天正午的陽光，穿過窗前鬱鬱蔥蔥的栗子樹的茂密樹葉，讓整個房間充滿了泛著翠綠的金光，心裡溢滿了無憂無慮和青春的甜蜜慵懶！

第四個顧客要買一杯咖啡：薩寧忙不過來，只好請顧客找龐塔列奧內（埃米爾一直都沒從克柳別爾的店裡回來）。薩寧得以又坐回到傑瑪跟前。萊諾拉太太還在打盹，這讓她女兒非常滿意。

「媽媽一睡著，就不會有偏頭痛了。」她說。

薩寧，當然，依然小聲地，開始談起他的「生意經」；正經地打聽起糖果店各種商品的價格；傑瑪也同樣認真地告訴他商品價格，同時兩人都會心而有默契地笑了，就好像意識到他們倆在合演一齣非常滑稽可笑的戲劇一樣。忽然街上的流浪樂師彈奏起了《魔彈射手》[1]裡的詠歎調「Durch die Felder, durch die Auen」[2]。哀婉的曲調如泣如訴，在凝固的空氣中顫抖，餘音嫋嫋。傑瑪歎了口氣：「這聲音會吵醒媽媽的！」

---

1 指的是德國作曲家卡爾·馬利亞·馮·韋伯（一七八六—一八二六）的同名浪漫歌劇。其劇本改編自帶有魔幻意味的民間故事，於一八二一年在柏林首演。

2 德語：穿過田野，穿過山谷。（原注）

薩寧立刻跳起來跑到街上，塞了幾個十字幣到流浪樂師的手裡，請他別唱了並離開。他回來的時候，傑瑪輕輕地點頭致謝，一邊若有所思地笑了，自己用勉強聽得見的聲音哼唱起韋伯筆下的主人公馬克斯表達初戀全部煩惱的那段優美曲調。隨後她問薩寧是否知道《魔彈射手》這部歌劇，喜不喜歡韋伯，並說她雖然是義大利人，但這樣的歌劇她最喜歡。話題從韋伯又轉到了詩歌和浪漫主義，轉到了當時大家都還在讀的霍夫曼……

而萊諾拉太太還沒醒來，甚至發出輕輕的鼾聲，然而透過護窗板射進來的一條條細細的光線，正悄悄地、但又時不時地從地板、家具、傑瑪的衣服、樹葉和花瓣的上面滑過、溜走。

12

實際上，傑瑪對霍夫曼並不十分感冒，甚至認為他……枯燥無味！他荒誕迷離、以北方元素為主的作品很少能觸動她這位個性開朗的南方人。「這些全都是神話故事，這些是為兒童寫的！」她不無輕慢地說。她還隱約感到霍夫曼的作品中缺乏詩意。不過他有一篇中篇小說，書名她好像忘記了，卻很喜歡；具體地說，她只是很喜歡它的開頭：小說的結尾要嘛她沒讀過，不然就是讀過也忘了。小說講的是一個年輕人在某個地方，好像是一家糖果店裡遇到一位非常漂亮的希臘美女；而一個神祕、凶狠的怪老頭陪同著她。年輕人對女孩一見鍾情；她帶著懇切的眼神盯著他看，似乎在哀求他解救她……他離開了一會兒——而等他返回到糖果店的時候，女孩和那個老頭卻不見了蹤影；他東奔西走到處找尋她，不斷發現並追蹤他們最新的蹤跡——但無論用什麼樣的方式、無論在哪裡、無論什麼時候，他都已經無法再找到他們。對於他來說，美人永遠地不翼而飛了——只是他沒有辦法忘記她那懇求的眼神，一想到他這一生的幸福有可能已經從他手上溜走了，他就痛苦不已……

霍夫曼的小說是不是這樣結尾的不太確定；但在傑瑪的記憶中是這樣的結尾。

「我覺得，」她低聲說，「生活中這樣的聚散離合遠比我們想像的要多。」

薩寧沉默了……過了一會兒說起了……克柳別爾先生。他還是第一次提到他的名字；而在此之前他還一次都未想起過他。

傑瑪也沒說話，沉思起來，一邊輕輕地咬著食指的指甲，把眼神迅速地轉向一邊。隨後，她讚揚了自己的未婚夫，提及了他張羅安排明天的郊遊，很快地瞥了一眼薩寧，又陷入了沉默。

薩寧不知道該如何說下去了。

埃米爾跑進來的時候聲音很大，一下子吵醒了萊諾拉太太……他的出現讓薩寧很高興。

萊諾拉太太從沙發椅裡站起來。龐塔列奧內出來通報說午餐準備好了。這位家庭的朋友、前歌手和僕人同時還兼任廚子。

13

吃完午飯，薩寧也沒走。不讓他走的理由還是先前提到的酷熱，而待到暑熱消退，他又被建議去花園洋槐樹蔭下喝咖啡。薩寧應允了。他心情非常好。淡泊寧靜而從容不迫的生活流轉之中彌漫著道不盡的魅力——而他也沉醉其中，對今日毫無特別苛求，不思考明日也不回想昨日。能跟傑瑪這樣的女子廝守，夫復何求？他很快就要與她分離，也許是永遠，但只要跟烏蘭德浪漫曲[1]中同樣的小船能載著他們在生活平靜的水流中泛舟——那就盡情快樂吧，享受吧，旅行者！而幸福的旅行者對這一切都覺得很受用，很喜歡。萊諾拉太太讓他和龐塔列奧內跟她一起打「特列瑟特」，教會了他玩這種比較簡單的義大利紙牌遊戲——贏了他幾個十字幣——而他卻心滿意足；應埃米爾的請求，龐塔列奧內讓獅子狗塔爾塔利亞將牠學會的把戲表演了一遍——於是，塔爾塔利亞表演了跳棍子，「說個話」、也就是叫幾聲，打噴嚏，用鼻子頂著把門關上，叼來主人的一隻舊鞋子，最後，牠頭頂高筒軍帽，裝扮成因變節而被拿破崙皇帝嚴厲斥責的貝爾

1 烏蘭德指烏蘭德．柳德維格（一七八七—一八六二），德國浪漫主義詩人，民間文學作品收集者。

納多特元帥[2]。扮演拿破崙的自然是龐塔列奧內——演得非常像：雙手在胸前交叉，三角帽一直壓到眼部那麼低，說話的腔調粗魯、刺耳，用的是法語，但是，上帝啊！那是什麼法語啊！塔爾塔利亞蹲在自己的主子面前，整個身體蜷縮成一團，夾緊尾巴，歪戴著的高聳軍帽下是牠一雙難為情地又眨又瞇的眼睛；時不時地，當拿破崙提高嗓門時，「貝爾納多特」就得用兩條後腿直立起來。「Fuori, traditore!」[3]拿破崙最後大喊一聲，由於過於憤怒，他將本應自始至終保持的法式腔忘得一乾二淨——於是「貝爾納多特」飛快地跑到沙發底下，但馬上又歡快地叫著從那裡跑回來，似乎是讓大家知道，演出到此結束。全體觀眾都笑個不停——而笑得最開心的是薩寧。

傑瑪咯咯不停的、輕輕的又帶著一種調皮尖叫的笑聲尤其可愛……她的笑聲都讓薩寧醉了——以至於她的尖叫聲讓他多次都想熱烈地親吻她！夜色終於降臨。該告辭了！他一再跟大家告別，說了好幾遍「明天見」（他跟埃米爾甚至行了吻別禮），薩寧才動身回家，而心中已帶走了年輕女孩的倩影，那個時而咯咯笑，時而凝神沉思，時而安靜得甚至冷漠，卻又是令人神往的倩影！她那雙眼睛，有時候睜得大大的，像白天一樣明亮快樂，有時又被睫毛半掩，像黑夜一般幽深烏黑，傑瑪的這些奇怪又甜蜜的各種形象和關於她的想像，就這樣在薩寧眼前浮現。

至於克柳別爾先生、還有讓他滯留法蘭克福的原因——總而言之，那些前一天讓他焦慮不安的所有一切——他一次都沒有想起過。

2 貝爾納多特元帥（一七六三—一八四四），法國元帥，蓬特科爾沃公爵，後成為瑞典和挪威國王，即卡爾十四世。

3 義大利語：滾，叛徒！（原注）

14

然而，也該介紹一下薩寧本人的情況了。

首先，他人長得真的非常、非常不錯。身材挺拔勻稱，臉部不是輪廓分明的那種，倒也討人喜歡，眼睛是溫柔的淺藍色，一頭金髮，皮膚白裡透紅；而主要的是：他那純樸開朗、容易相信人、坦誠、乍看起來有點笨拙的表情，在過去讓人一看就知道他是來自循規蹈矩的貴族家庭的孩子、「富家」子弟、自由自在的半荒原地區哺育長大的貴族少爺。他步履沉穩遲疑，說話略有一點「四、是」不分，只要看他一眼，他就露出童稚般的笑容……最後，容光煥發，健康——還有性情溫和，溫和，還是溫和——這就是您面前活生生的薩寧。其次，他也不笨，還明白不少事理。儘管國外旅行舟車勞頓，他看起來依然精力充沛：那個時代最精英的那一部分年輕人心頭籠罩的憂心忡忡的情緒，在他身上幾乎看不到。

尋找「新人」不得之後，我們的文學作品近來開始引導年輕人不惜一切地成為新鮮的人……就像從佛倫斯堡[1]運到聖彼得堡的那些牡蠣一樣新鮮的那種人……薩寧跟他們不同。假如一定要打個比方的話，他更像是長在我們肥沃黑土果園裡的一棵枝繁葉茂、剛開始分蘖的小蘋果樹——或者，更恰當的比喻則是：一匹「老爺們」的養馬場裡受到精心餵養、毛色發亮、四條腿粗壯有力、性情溫順的三歲馬駒……後來，當生活結結實實地摧殘過他，他身上年輕人的、稍有點誇張的小肥肉突然消失之後，遇到過薩寧的那些人，則完完全全將他看成是另外一個人了。

第二天薩寧還躺在床上，一身節日盛裝、手持一根輕便拐杖、渾身塗抹得香噴噴的埃米爾已經衝進了他的房間通知他說，克柳別爾先生坐著四輪馬車馬上就到，說預報的天氣也非常好，說他們一切準備妥當，但媽媽的頭痛犯了去不成。他開始催促薩寧，讓薩寧一分鐘也不能耽誤……果不其然：克柳別爾先生到了的時候，薩寧還在梳洗。他敲了一下門，進到房間，彎腰致意，表示恭候他多久都行——並坐了下來，將禮帽優雅地支在膝蓋上。相貌堂堂的商店職員穿戴考究，也不知道往身上倒了多少香水：他每次移動身體，都會伴隨一股濃烈的香氣撲鼻而來。他乘坐一輛大家常稱之為「蘭朵」[2]的寬敞的四座敞篷馬車來，馬車套著兩匹雖不算漂亮卻強壯有力的高頭大馬。一刻鐘之後，薩寧、克柳別爾和埃米爾一行已經坐著這輛馬車隆而重之地抵達了糖果店的臺階前。萊

1 德國最北端的城市之一，海軍基地。

2 出自法語「Landau」，一種可以兩乘或四乘的四人座敞篷馬車。

諾拉太太堅決拒絕參加郊遊；傑瑪想留下來陪母親，但是她的這位母親如一般人所說，趕走了傑瑪。

「我誰也用不著，」她說，「我要睡覺。我甚至都希望龐塔列奧內也跟著你們去，但那樣就沒人做生意了。」

「可以帶上塔爾塔利亞嗎？」埃米爾問。

「當然可以。」

塔爾塔利亞立即歡快地努力擠到馬車趕車人的座位坐下，一邊舔著自己的身子：看得出來，做這些牠早已熟門熟路。傑瑪戴了一頂繫著咖啡色帽帶的大簷邊草帽；草帽從前面向下壓得很低，可以將整張臉的陽光遮擋住。陰影的邊線正好落在她的雙唇上：那透著少女般柔媚的紅唇，彷彿多瓣玫瑰花的花瓣，而隱隱露出的牙齒——如孩童的牙齒般潔白無瑕。傑瑪在後排跟薩寧同坐；克柳別爾和埃米爾坐在對面。萊諾拉太太淡淡的身影在窗口一閃，傑瑪朝她揮了一下手帕，馬車就出發了。

15

索登，是一座離法蘭克福半小時車程的小城。它位於塔烏努斯山支脈一個漂亮的地方，在我們俄羅斯以礦泉水聞名，這裡的礦泉水好像對肺部虛弱的人有幫助。法蘭克福人到這裡來多半是為了消遣娛樂，因為索登的公園很漂亮，Wirtschaft[1]應有盡有，可以在高大的椴樹和槭樹的樹蔭下品嘗啤酒和咖啡。

法蘭克福到索登的路靠著美茵河右岸蜿蜒而行，路的兩旁種滿了果樹。漂亮的公路上，在馬車一路安靜行駛的過程當中，薩寧悄悄觀察起傑瑪對待未婚夫的態度：他第一次見到他們倆在一起。她表現得平靜、放鬆——但跟平時比，稍顯拘謹和嚴肅；他看起來則像一位允許自己和下屬進行一場簡單和客氣的娛樂活動的寬厚長者。薩寧在他那裡並未發現他對傑瑪有那種法國人稱之為「empressement」[2]的特殊的熱情。可能，克柳別爾先生覺得這樁婚事已確定了，所以也就沒有理由瞎忙或者激動不已。但是居高臨下

1 德語：酒吧餐廳。
2 法語：獻殷勤。（原注）

的態度一刻也沒離開過他！甚至午飯前在索登城外森林茂密的山谷中步行遊玩良久的時候、欣賞大自然美景的時候，他對待大自然本身也帶著這種居高臨下的態度，這居高臨下的態度中偶爾還迸發出長官平日裡的嚴厲。就譬如說，他投訴有一條小溪太過筆直地從溪谷裡直流而下，而非拐上幾道詩情畫意般的彎；對一隻小鳥——蒼頭燕雀——的表現也不太滿意，覺得牠啼囀鳴叫的那幾段花樣不夠多！

傑瑪並不寂寞，甚至看起來滿開心的；但是薩寧沒能在她身上看到往日的那個傑瑪：並非因為樹蔭都跑到她臉上去了——她的美貌從來不是光芒四射的那種——而是她的靈魂向內躲到她的心底去了。傑瑪撐著陽傘，沒摘手套，緩緩地散步，不慌不忙——跟有教養的淑女散步一樣——說話不多。埃米爾也有點放不開，而薩寧就更不用說了。何況，談話總是用德語這一點也頗讓他尷尬發窘。毫不洩氣的只有塔爾塔利亞一個！牠狂吠著，跨過車轍溝、樹樁和瓶瓶罐罐去追趕前面的一群鶫鳥，又猛地一頭探進水裡，匆忙地舔水喝，抖一抖身體，尖聲地吠叫幾聲，颼地一下，箭一般飛跑開，吐出的紅舌頭向後都快甩到牠肩上去了。

從自己這一方面來看，為了讓大家開心，克柳別爾先生做了他該做的一切；他請她坐到一棵樹蔭蔥鬱的橡樹下，從側身上衣口袋裡掏出一本小冊子，冊子的名字叫作《Knallerbsen-oder du sollst und wirst lachen!》（《火藥桶，或，你肯定會笑！》）。他開始讀冊子裡滿篇幅精心挑選的笑話故事。他一口氣讀了十二個，卻沒達到搞笑的效果：只有薩寧一個人出於禮貌咧咧嘴笑了笑，而克柳別爾先生自己每念完一篇，就發出一陣短暫、矯揉造作——並且仍然是居高臨下的笑聲。將近十二點的時候，他們一行人馬回到了索登市，走進當地一家最好的飯館。

到了該安排吃午飯的時候了。

克柳別爾先生建議大家在一個四周封閉的亭子裡——也就是「im Gartensalon」[3]——吃午餐；但是傑瑪忽然發飆反對，她宣稱，除非是在花園裡、在餐館門前露天擺著的那些小桌子上吃飯，不然她就不吃；還說總是跟那幾張面孔在一起已經很無聊了，她想看到其他一些面孔。有幾張桌子的確已經坐滿了剛剛抵達不久就餐的客人。

那邊克柳別爾先生居高臨下地遷就了「自己未婚妻的任性」，走過去跟餐廳領班協商的時候，這邊傑瑪站著一動不動，垂下雙眼，咬著牙；她感覺得到，薩寧始終用疑惑不解的眼神看著她——這，似乎讓她感到有點生氣。

最後，克柳別爾先生回來報告說，再過半小時午飯就準備好了，趁著這個時間他建議大家打打保齡球，並說這對於增強食欲很有益，嘿——嘿——嘿！他的保齡球打得

3 德語：花園包廂。

非常棒；拋球的時候，他的姿勢非常健美，肌肉很會發力，腿的扭動和搖擺動作也很優美。從這一點上來說，他算得上一名競技運動員——而且是非常好的競技運動員！他的一雙手白淨又漂亮，他擦手用的還是名貴至極、金色碎花的印度軟綢手帕！

午餐時間到——大家都集中到餐桌前坐了下來。

16

誰不知道德式午餐是怎麼一回事呢？一碗稀湯，裡面帶點麵疙瘩和肉桂，還有跟軟木塞一樣硬、帶一層凝固的白色脂肪、煮老了的牛肉，還有黏稠的馬鈴薯、甜菜塊和蕪菁末；一盤醋燒刺山柑鰻魚（用冰鮮而非活魚做的，因而顏色發青）；帶果醬的油炸品和「Mehlspeise」，一種甜布丁，上面澆了一點酸溜溜的紅汁；然而葡萄酒和啤酒好得不能再好了！索登當地餐館老闆就是用這樣的午餐招待客人。順便說一下，午餐吃得很愉快。特別活絡的氣氛，說真的，也沒有出現；甚至在克柳別爾先生「為了我們所愛」（was wir lieben）而舉杯敬酒的時候也沒有出現。一切都進行得規規矩矩和彬彬有禮。午餐後，咖啡上來了，淡淡的、偏紅棕色的、道地的德國咖啡。克柳別爾先生作為東道主，請求傑瑪允許他抽一支菸……但這時一件意料不到的事情突然發生了，這件事情很不愉快——甚至極不體面！

鄰近的一張餐桌坐著幾位美茵區警備隊軍官。從他們的眼神和交頭接耳的樣子已不難猜到，傑瑪的美貌令他們傾慕；其中的一位，好像已經在法蘭克福駐紮過相當長一段時間了，時不時地看看她，就好像她是他很熟的一個熟人：他彷彿認出了她是哪一位。他突然站起來，手持玻璃酒杯——軍官先生已醉得有點厲害了，他們的桌上擺滿空酒瓶——走到了傑瑪的桌子前。這是一位很年輕、淺色頭髮、臉型非常可愛甚至很討人喜歡的軍官；但是喝下過多的紅酒已讓他的臉變形了：臉頰抽搐，眼睛紅腫，眼神游離不定，看起來好像帶著粗魯無禮的表情。大家一開始想攔住他，但隨後就沒去管他：心想，管他幹嘛，能鬧出什麼事呢？

這位軍官兩腿已有點搖搖晃晃，站在傑瑪面前，故意提高音調，用一種能讓人感到他自己也不情願、試圖與之抗爭的聲音，喊道：「為全法蘭克福、全世界最美麗的咖啡美女的健康乾杯，」（他「咕咚」一口乾掉了一大玻璃杯）——「而作為報答，我取走她美麗的手指摘下的這朵花吧！」他從桌上拿起了擺在傑瑪餐具前面的那朵玫瑰花。起初她非常驚訝、害怕、臉色煞白……隨後她的害怕轉變成了憤怒，她滿臉陡然脹得通紅，一直紅到髮際——她的眼睛死盯著侮辱者，同時，她的眼睛暗淡下來，之後又突然發出光亮，幽暗的眼眸燃燒起無法遏制的怒火。這樣的目光想必讓軍官發窘；他嘟囔了一句聽不懂的話，鞠了一個躬就退回到自己人那裡去了。那些人用笑聲和輕輕的掌聲迎接了他。

克柳別爾先生猛地離席而起，挺直身體，戴上禮帽，用莊重但並不洪亮的聲音說道：「這簡直聞所未聞。這是聞所未聞的粗魯舉動！（Unerhört! Unerhörte Frechheit!）」——並立即用嚴厲的聲音招呼侍者，要求立刻埋單……不僅如此，他吩咐立即備好馬車，與此同時還不忘補上一句，正派人不該到這裡來，因為會遭遇到侮辱者的侮辱！說這些話的時候傑瑪仍坐在自己的位子上沒有動，她的胸脯劇烈地、一高一低地起伏不已。傑瑪把目光轉向了克柳別爾先生……也是那樣直視，用盯著軍官一樣的眼神盯著看了一眼未婚夫。埃米爾氣憤得渾身發抖。

「起來吧，我的小姐，」克柳別爾先生依然用同一種嚴厲的口氣說道，「這裡您再待下去就很不體面了。我們應該去那裡，到餐廳裡面去！」

傑瑪默不作聲地站了起來；他將彎著的手臂向她伸過來，她也把手遮過去——於是他邁著莊嚴的步伐向餐廳裡面走去，這步伐跟他的神態一樣，離吃午飯的地方越遠，就越莊嚴和傲慢。

可憐的埃米爾趔趄地跟在他們後面。但是當克柳別爾先生跟侍者結帳的時候，作為懲罰，他喝的伏特加沒給一個十字幣的小費，而這時，薩寧快步走到那些軍官坐著的桌子前——面向那位侮辱傑瑪的軍官（他那個時候正把她的玫瑰花輪流交給同伴聞）——用法語清晰地說道：

「閣下，您剛才的行為，非一個正派人的行為，也跟您身上穿的制服不配——所以我來告訴您，您是一個缺乏教養的無賴！」

年輕人跳了起來，但是另一位稍年長的軍官用手勢制止了他，讓他坐下，又轉身朝向薩寧，也用法語問他：

「什麼情況呢，你是那位女孩的親戚、兄弟還是未婚夫？」

「對她而言我完全是一個外人，」薩寧喊道，「我是俄國人，但看到如此無禮的行為我不能無動於衷；拿去，這是我的名片和地址，軍官先生可以來找我。」

說完這些，薩寧將名片擲到桌子上，同時飛快地一把抓起坐在桌後的一位軍官隨手放到餐碟裡的、傑瑪的那朵玫瑰花。年輕人又想從椅子上跳起來發作，但是那位又攔住了他，小聲說：「頓戈弗，安靜一點！（Dönhof, sei still!）」隨後自己站了起來——行了一個舉手禮，聲音和神情都不無敬意地對薩寧說，明天早上他們團裡的一位軍官將榮幸地去到他府上拜訪他。薩寧微微彎腰回禮，然後就匆匆忙忙地回到了自己的朋友那裡。

克柳別爾先生裝作好像根本沒發現薩寧離開，也沒發現薩寧跟那些軍官的理論；他只顧催促著馬車夫套好馬車，嫌他動作太慢而大發脾氣。傑瑪也沒對薩寧說一句話，甚至都沒看他一眼：從她緊皺的眉頭、咬得發白的嘴唇，還有她一動不動的身體姿勢來看，不難理解她心裡非常不好受。只有埃米爾一個人想問問他，想向他瞭解清楚：他看見薩寧走到軍官前面，看見他遞給他們白色的什麼東西——一張小紙片、字條，還是名片……這個可憐少年的心在怦怦直跳，臉頰發燙，他真想撲過去摟住薩寧的脖子，真想大哭一場或者跟他一起去將這些討厭的軍官打一個落花流水！然而他克制住了自己，只管盡情和認真地欣賞起他這位善良的俄羅斯朋友的一舉一動！

馬車夫終於套好了馬匹；全體人員坐上馬車。埃米爾緊跟在塔爾塔利亞的後面上了馬車前面的副座；那裡他稍顯自在些，也好讓他無法冷靜看待的克柳別爾先生別在他面前晃來晃去了。

一路上克柳別爾先生都在高談闊論……並且只有他一個人在高談闊論；沒有一個人、沒有一個人反駁他，但也沒有一個人附和他。他特別強調的一點是大家沒聽他的意見，他本來建議在封閉的亭子裡面吃飯，那樣的話什麼不愉快的事情就都能夠避免了！接著他又對政府不可原諒地姑息軍官不守紀律和不夠尊重社會上的普通公民（das bürgerliche Element in der Societät）的行為發表了非常嚴厲甚至是自由主義的譴責——這樣長此以往下去，社會的不滿情緒就會被引發，由此再引發革命運動就會為期不遠了！這悲慘的情形（說到這裡，他深表同情卻又神情嚴峻地歎了一聲氣）——這悲慘的情形就將降臨到法國頭上！不過他很快又補充說，他本人對現在的政府很敬仰，並且永遠……永遠都不會去當革命者——但面對這樣的傷風敗俗之舉，他又不能不表達一下自己的不滿！這之後他還補充了一些關於道德和不道德、體面和尊崇的泛泛之談！

在所有這些「誇誇其談」期間，本來在郊遊午飯前對克柳別爾先生已經顯得不太滿意的傑瑪——她也因此跟薩寧保持了一定的疏遠，彷彿有薩寧在使得她難為情——明顯為自己的未婚夫感到羞愧！郊遊快結束的時候，她簡直受夠了這種折磨，儘管跟先前一樣還是沒有跟薩寧交談，卻突然向他投去懇求的目光……從自己這方面來講，與對克柳別爾先生的憤慨相比，薩寧更多的是對她感到憐惜；他甚至暗地裡、半下意識地為這一天持續發生的事情感到高興，儘管他也可預見翌日一早的會面是什麼樣子。

這次折磨人的「partie de plaisir」[1]終於結束。薩寧在糖果店門口扶著傑瑪下車的時候，一句話也沒說，把那朵取回來的玫瑰花遞到了她手裡。她整個臉上都泛起紅暈，緊緊地握了一下他的手，轉瞬就將玫瑰花藏了起來。他並不想進屋，雖然華燈初放。她本人也沒有邀請他進屋。何況，龐塔列奧內此時出現在臺階上說，萊諾拉太太已就寢休息。埃米利奧不好意思地跟薩寧道別；他好像跟薩寧還是有點認生：因為薩寧讓他感到太吃驚了。克柳別爾用馬車將薩寧送回旅館，十分拘泥地跟他行鞠躬禮。彬彬有禮、循規蹈矩的德國人，雖說一向自信滿滿，此刻也顯得很不自在。不過大家都跟他一樣不自在。

然而，薩寧的這種感覺——不自在的感覺——很快就消失了，變成了一種模糊、卻又愉快、甚至是開心的情緒。他在房間裡踱來踱去，什麼也不去想，時不時還吹著口哨，頗為揚揚自得。

1 法語：消遣性郊遊。（原注）

17

「早上十點之前我要等軍官先生來解釋清楚，」翌日清晨他梳洗的時候還在想著，「到時候讓他來找我吧！」但是德國人都起得很早：九點鐘還沒到，門房就來通報薩寧說，馮．里赫捷爾少尉先生（der Herr Seconde Lieutenant）求見。薩寧趕緊穿好禮服，吩咐「客人有請」。

出乎薩寧意料，里赫捷爾先生非常年輕，幾乎還像個孩子。他竭力將自己還沒有長出鬍鬚的臉上的表情裝扮得莊重嚴肅，但是裝得很不成功：他甚至無法掩蓋住他的窘態——就在坐椅子的時候，他被馬刀牽絆了一下，差點摔倒。他用蹩腳的法語訥訥地、結結巴巴地說，他受好友馮．頓戈弗男爵之託而來：目的是要求馮．札寧（薩寧）先生對於前一天使用侮辱性的言語必許（必須）道歉；倘若馮．札寧（薩寧）先生拒絕道歉——馮．頓戈弗男爵希望進行決鬥。薩寧回答，他沒想過要道歉，而他已經準備用決鬥來做了斷。這時，馮．里赫捷爾先生依然訥訥地詢問，他得在什麼時間、什麼地點、又必須跟誰來進行必要的談判。薩寧就告訴他，他可以過兩個小時之後來找他，而在這個期間，他，薩寧，會盡可能找到一位決鬥副手。（「真見鬼，我去哪裡找這個副手？」

他那時候暗想。）馮・里赫捷爾先生站起身鞠躬告辭……但走到房門口停下了腳步，似乎受到了良心譴責——於是，轉身面向薩寧，小聲說道，他的好友，馮・頓戈弗男爵並不想為昨日發生之事隱瞞自己……某種程度的……歉意——所以只要得到輕微的道歉就可以了——「des exghizes léchères」[1]。就此薩寧回答說，任何道歉的要求，無論輕的、重的，他都不會滿意，因為他並不認為自己有什麼錯。

「既然如此，」馮・里赫捷爾先生臉紅得更厲害了，不同意地說道，「那就只能改成友好互射的形式進行了——des goups de bisdolet à l'amiaple[2]！」

「這我就更不明白啦，」薩寧指出，「難道我們要對空射擊不成？」

「哦，不是那樣，不是這樣，」狼狽不堪的少尉喃喃說道，「但我是覺得，既然事情發生在正派人之間……我要跟您的決鬥副手談一下。」他又打住了自己的話頭——就轉身離去了。

那人剛一走出房間，薩寧就在椅子上坐下，目光死盯著地板。

「他心裡說：發生了什麼事呢？生活怎麼突然就旋轉得不可收拾？過去的一切、未來的一切突然就消失不見了——好像只剩下一件事情就是，我要在法蘭克福跟某個人為了點什麼事而決鬥。」他不由得想起了他一位瘋姑媽常常邊跳邊唱的一首歌：

少尉！
我的小可愛！
我的小愛神！
跟我跳個舞吧，親愛的人兒！

於是他哈哈大笑，也開始像他姑媽那樣唱起來：「少尉！跟我跳個舞吧，親愛的人兒！」

「可是也該行動了，不要浪費時間。」他大聲喊道，一躍而起，卻發現龐塔列奧內手裡握著一張紙條出現在他面前。

「我敲了好幾次門，但沒聽見您回應；我還想是否您沒在家，」老頭小聲說完就將紙條遞給他，「傑瑪小姐寫來的。」

薩寧接過紙條——如常言所說，下意識地——拆開就讀了。傑瑪告訴他，她為他也知道的那件事情非常擔憂，希望能馬上跟他當面談。

---

1 法語：輕微的道歉。正確的拼寫應該是：des excuses légères，這裡指來人說的法語很差。（原注）

2 法語：友好的手槍互射。正確的拼寫應該是：des coups de pistolet à l'aimable。（原注）

「小姐非常擔心，」龐塔列奧內說，看來，信的內容他是知道的，「她吩咐我來看您在忙什麼，並要我請您趕緊過去找她。」

薩寧看了一眼這位義大利老人——陷入了沉思。忽然有個念頭在他腦海裡一閃而過。閃念的那一剎那讓他都覺得荒誕出奇……

「可是……為什麼不呢？」他問自己。

「龐塔列奧內先生！」他大聲招呼。

老頭渾身一震，下巴都快縮進領結裡去了，盯著薩寧。

「您知道，」薩寧接著說，「昨天發生了什麼事嗎？」

龐塔列奧內咬了咬嘴唇，甩了甩自己一綹蓬起的頭髮。

「知道。」

（埃米爾一回到家，就全告訴他了。）

「啊，您知道了！——您看是這麼回事。剛剛有位軍官從我這裡離開。而那個無賴要跟我決鬥。我接受了他的挑戰。但我缺一個決鬥副手。您願意當我的副手嗎？」

龐塔列奧內顫抖了一下，高高地揚起了被垂下的頭髮完全遮住了的眉頭。

「您非得要決鬥不可嗎？」他最後改口用義大利語說；而之前他一直在用法語講。

「必須決鬥。否則——一輩子都將蒙受其辱。」

「嗯。假如我不同意做您的副手，您就必須另找一位？」

「是的……非找不可。」

龐塔列奧內低下了頭。

「但是敢問德．查寧[3]（薩寧）先生，您的決鬥不會對某個人物的名譽帶來某些不好的影響嗎？」

「我認為不會，但是無論如何，沒有別的辦法！」

「嗯。」龐塔列奧內整個臉都快縮進領結裡去了，「那您看，那位該死的克魯貝里奧[4]，他會幹點什麼呢？」他忽然提高了聲調，揚起了臉。

「他？沒什麼。」

「嚇！（Che![5]）」龐塔列奧內鄙視地聳了聳雙肩。「無論如何我應該感激您，」他最終用一種不太真實的嗓音說，「以我現在的卑微之軀，能夠被您看待為一位正派人——**un galant'uomo**！這樣做，正好證明了您自己是一位真正的 **galant'uomo**。但我必須認

3 這是按照義大利語式對「薩寧」的一種尊稱。

4 這是對「克柳別爾」名字的小稱、蔑稱，但其中（也許是故意）有錯誤發音，也暗指老頭的知識水準不高。

5 義大利語中不可譯的語氣詞「Che!」，相當於俄語中的「Hy!」（原注）

真地考慮一下您的建議。」

「時間緊迫，尊敬的齊……齊帕……」

「朵拉，」老頭提示了。「我只要您給我一個小時考慮一下。這件事情涉及我恩人的女兒……所以我應該、我必須——考慮考慮！過一個小時……過四、五十分鐘——您就會知道我的決定了。」

「好，我等著。」

「那現在……我要帶什麼樣的回覆給傑瑪小姐呢？」

薩寧找來一張紙，在上面寫道：「請您放心，我親愛的朋友，過三個小時左右我就會來看您——一切都會說得清清楚楚。衷心感謝您的關心。」他把這張紙條遞給了龐塔列奧內。

老頭小心地把紙條放進側面口袋——並再次說：「等我一個小時！」——就走向房門口；但是猛地又轉過身跑到薩寧前面，抓起他的一隻手——將它緊緊地壓在襯衫領口的領結花那裡，抬眼向著天，大聲說：「善良的青年！偉大的心靈！（**Nobil giovanotto! Gran cuore!**）請允許一個年邁體弱的老人（**a un vecchiotto**）握一握您這隻偉大的右手（**la vostra valorosa destra**）！」

隨後，他跳著往後一退，兩手揮了揮——走開了。

薩寧望了望他的背影……拿起一張報紙，準備讀。但是眼睛在字裡行間掃來掃去，什麼也沒有看懂。

18

過了一個小時，門童又走進來向薩寧稟報，並遞給他一張寫滿了字的老式名片，上面寫著：龐塔列奧內・齊帕朵拉，來自瓦雷澤，莫登斯基公爵殿下皇家宮廷歌手（cantante di camera）；緊跟著門童後面出現的就是龐塔列奧內本人。他從頭到腳打扮一新，穿一件泛暗紅的黑色燕尾服，裡面是白色的凸紋西裝背心，上面很別致地掛著一串銅鏈；一枚鑲嵌著碩大紅寶石的徽章垂到帶兜蓋的緊身黑褲下面。右手持一頂黑色的兔皮禮帽，左手拿的是一雙厚厚的麂子皮手套；他把領結打得比平時更鬆更高——漿洗過的花邊領子上還別著一枚稱作「貓眼」（oeil de chat）寶石的佩針。右手食指戴著的那一枚兩個手掌形狀組合成的心形寶石戒指光彩奪目。老頭子渾身上下都散發著一種存放很久的氣味，那是樟腦和麝香的氣味；哪怕是最冷漠無情的人都會為他憂心忡忡的隆重感而吃驚！薩寧起身迎接他。

「我當您的副手，」龐塔列奧內用法語說道，一邊整個身體向前鞠躬，像舞蹈演員一樣兩個腳尖八字分開，「我來聽您吩咐差遣。您只想毫不留情地決鬥，是嗎？」

「為何說毫不留情呢？我親愛的齊帕朵拉先生！無論世上發生什麼事，我都不會收回我昨天說的那些話——但我也不是嗜殺成性！……對了，您先等一下，我對手的副手馬上就到了。我去隔壁房間回避一下——請您跟他協商。請您相信，對您的幫助我將終生難忘，從心底感激您。」

「榮譽高於一切！」龐塔列奧內回答，說著，還沒等薩寧邀請他坐下，他已經坐進了沙發椅。「假如這個該死的騙子[1]，」他法語、義大利語摻雜著說，「要是這個克魯貝里奧小商人竟然不知道自己的直接責任所在或者就是膽小害怕的話，他就更令人失望了！……一文不值的一個人——不值得說他了！……至於說到決鬥規矩——我是您的助手，對我來說，您的利益至高無上！我住在帕杜亞的時候，那裡曾駐紮過一個白龍騎兵團——而我跟很多軍官都很熟！他們的規矩我一清二楚。何況我跟貴國的塔爾布斯基親王也常常聊這些問題……另一位助手很快就到嗎？」

「我每時每刻都在等他來——看，他來了。」薩寧往街上看了一眼說道。

龐塔列奧內站起來，看了一眼掛鐘，整理了一下髮型，一邊連忙將跑到褲子口袋外面晃蕩著的一根條帶塞進去。之前那位年輕的少尉走了進來，還是那樣靦腆和難為情的樣子。

1 見前注，只是此處的俄語原文略有差異，表明老頭的發音不準。

薩寧介紹了兩位助手互相認識。

「Monsieur Richter, souslieutenant! -Monsieur Zippatola, artiste!」[2]

看到老頭子的時候，少尉稍微有點吃驚……喔，假如此刻有人低聲告訴他，介紹給他的這位「藝術家」還從事廚藝的時候，他又會說什麼呢！……但是龐塔列奧內裝出一副樣子來，好像參與決鬥對他來說不過是很稀鬆平常的事情：很有可能的是，介紹時提到他的戲劇背景在此種情況下對他不無好處——因為決鬥助手就是他正在扮演的一個角色。不僅是他，也包括少尉，兩個人一時都沉默不語。

「怎麼了？咱們開始吧！」龐塔列奧內一邊玩弄紅寶石徽章，率先發話了。

「開始，」少尉回答，「但是……決鬥雙方的一個人在這裡……」

「我馬上離開，留你們在這裡，兩位先生。」薩寧喊了起來，略一躬身，就走進了臥房——並隨手把門關上了。

他倒到了床上——想起了傑瑪……但是兩位助手交談的聲音透過關上的門還是傳到了他這裡。他們用法語交談；兩人的法語很破，雙方都在比爛。龐塔列奧內又說起了帕杜亞龍騎兵、塔爾布斯基親王——少尉則說起了「exghizes léchères」[3]和「goups à l'amiaple」[4]。但是老頭連聽都不想聽什麼「exghizes」[5]！令薩寧更加大吃一驚的是，龐塔列奧內突然開始跟少尉談起了某個無辜的年輕女歌手，說她的一根小指頭比世界上所有軍官的價值都高……（Oune zeune damigella innoucenta, qu'a ella sola dans soun péti doa vale piu que toutt le zouffissié del mondo!）並反覆多次激昂地重複同樣的話：「這真丟臉！這真丟臉！（E ouna onta, ouna onta!）」中尉[6]一開始並沒有反駁他，但隨後這位年輕人憤怒的顫抖聲音就讓人聽得越來越清楚了，他指出，他來這裡不是為了聽他說教……

「在您這個年紀聽一聽真話總是有益無害！」龐塔列奧內人聲說。

兩位決鬥助手之間的辯論非常激烈，幾次都是針鋒相對；辯論超過了一個鐘頭，最後終於達成如下：「茲定於明天上午十點，馮・頓戈弗男爵與德・薩寧先生決鬥，地點在哈瑙附近一片小樹林，距離二十步遠；每人按照指定的助手指令可以開兩槍。手槍無加速裝置[7]並不帶來福線。」馮・里赫捷爾先生走了，而龐塔列奧內鄭重其事地打開臥

---

2 法語：里赫捷爾先生，陸軍少尉！——齊帕朵拉先生，藝術家！（原注）

3 見前注，法語：輕微的道歉。正確的拼寫應該是：excuses légères。

4 見前注，法語：友好互射。正確的拼寫應該是：coups à l'aimable。

5 見前注，法語：道歉。正確的拼寫應該是：excuses。

6 原文如此。根據上文介紹，此處應為「少尉」的筆誤。

7 源自德語「Schneller」，此種裝置不但可以加速射擊速度，還可以降低後座力。

房的門，通報了商談結果，又大聲叫起來：「Bravo, Russo! Bravo, giovanotto![8] 勝利將屬於你！」

幾分鐘之後，他們倆一起出發去洛澤里糖果店。薩寧事先就要求龐塔列奧內要將決鬥一事作為最高機密加以保密。老頭只是將一根手指朝天舉起，眨了眨眼睛，連續低聲說了兩遍以下的話作為答覆：「Segredezza!（保密！）」他看起來變年輕了一些，甚至步履也更加輕鬆。所有這些非比尋常、儘管是很不愉快的事件又將他活靈活現地帶回到他接受和發出挑戰的那個時代——誠然，那是在舞臺上。眾所周知，這些男低音歌手在各自的角色扮演中非常善於擺出公雞鬥架的架勢。

8 義大利語：太棒了，俄羅斯人！太棒了，年輕人！（原注）

19

埃米爾跑出來迎接薩寧——他等了一個多小時——只為等到薩寧到來，並急切地咬耳朵跟他說，母親對昨天不愉快的事情完全不知情，所以跟她甚至不要有任何暗示，還說他又被打發去商場了！但是他不要去那裡，他會找個地方躲起來！等他連著一口氣說完這一切，他突然撲到薩寧的肩頭，一陣風似的吻了他，就跑上街去了。傑瑪在糖果店迎接了薩寧；她想說點什麼——卻說不出。她的雙唇微微顫動，而眼睛瞇著，眼神四處游移不定。他則急著安慰她說，事情已經全部結束了……小事一樁。

「您那裡今天沒有誰去拜訪嗎？」她問。

「我那裡去過一個人——我跟他談好了——我們……我們達成了最令人滿意的結果。」

傑瑪走到櫃檯後面。

「她不相信我！」他想，但他走進隔壁房間的時候，又遇到了萊諾拉太太。她的偏頭痛已經好了，然而她仍處於鬱鬱寡歡的情緒中。她熱絡地朝他一笑，但同時又警告他說，他今天跟她在一起會很無聊，因為她不便招待他。他朝她坐了過去，發現她的眼瞼發紅，有點腫。

「您怎麼啦，萊諾拉太太？難道您哭過？」

「噓……」她小聲說道，一邊用頭指了指她女兒所在的房間，「請不要說這個……這麼大聲。」

「但您到底哭什麼呢？」

「哎，薩寧先生，我自己也不知道為什麼哭！」

「誰惹您生氣了嗎？」

「喔，不是！……我就是突然覺得鬱悶至極。我想起了喬萬尼．巴提斯塔……想起了我的青春年華……這一切都過得太快了。我老了，而我怎麼也無法忍受這一點。我覺得自己也許依然故我……而衰老——就在眼前……就在眼皮子底下！」萊諾拉太太眼裡噙滿了淚水，「我看出來了，您看著我是這樣吃驚……但是您也會慢慢變老的，我的朋友，您將嘗到，這有多麼苦！」

薩寧開始安慰她，還提到在她孩子的身上她的青春得以復活，甚至試著調侃她說，她這是想要博得幾句恭維話……但是她並不是開玩笑，請他「不要再說了」，於是他立即就明白，類似的苦悶、意識到老之已至的沮喪，是什麼都無法安慰、也無法消弭的；唯有等待這種苦悶、沮喪自己慢慢消散。他勸她跟自己玩一把特列瑟特撲克牌——除此之外他想不出更好的辦法。她馬上就同意，並且好像變得愉快起來。

午飯前和午飯後，薩寧都在陪她玩牌。龐塔列奧內也進來一起玩。他頭上蓬起來的那一綹頭髮從沒有這樣低地垂到額頭，他的下巴也從來沒有如此深地縮到領結裡！他的一舉一動都透著一種聚精會神的莊重感，只要你看他一眼，就會產生這樣一種想法：這個人如此執著保守的到底是個什麼樣的祕密呢？

但是——segredezza！segredezza！[1]

那一整天他竭盡所能對薩寧表現出最大的尊敬；吃飯的時候，隆重而果斷地首先為薩寧夾菜；玩撲克牌補牌的時候故意給薩寧讓牌不讓他輸；他文不對題地宣稱，俄羅斯人是世界上最寬宏大量、最勇敢、最堅韌不拔的民族！

「哎呀，你可真是個老戲精啊！」薩寧暗自想。

跟萊諾拉太太意料不到的壞心情相比，更令他吃驚的卻是她女兒對待他的態度。她並非有意躲著他……相反，她常常坐在離他不遠的地方，注意聽他說話、看著他；但就是下定決心不跟薩寧說話，一旦他想跟她攀談時——她就悄悄站起身，悄悄走開一下子。過一會兒她又回來，又坐在角落某個地方——坐在那裡一動不動，彷彿在思索和猶豫不決……更多的是猶豫不決。萊諾拉太太最後也發現了她舉止異常，還問了她一兩次

1 義大利語：保密！保密！

到底怎麼啦。

「沒什麼，」傑瑪回答，「我有時候就會這樣，你知道的。」

「這倒是真的。」母親同意她的說法。

漫長的一天就這樣過去了，不溫不火——無喜無憂。假如傑瑪的態度不同——薩寧……怎麼知道呢？也許就會禁不住冒險地賣弄一下自己或者單純地讓自己陷入可能的、也許是最後訣別之前的那種憂鬱之中……但是因為他連一次跟她說上話的機會都沒有，他就只好滿足於在晚餐喝咖啡的那一刻鐘裡在鋼琴上彈幾曲憂鬱的和絃了。

埃米爾回來得很晚，並且為了躲避被問起克柳別爾先生，一下子就溜走了。薩寧也該走了。

他跟傑瑪告辭。不知為何他竟然想起了長詩《奧涅金》中連斯基與奧莉嘉的告別情景。他用力握住她的手，想再看一看她的臉龐——她卻將臉輕輕地扭向一邊，抽回了自己的手。

20

當他走上門廊的臺階，已全然「繁星滿天」。空中散布太多太多顆星星，有大的、有小的，有黃色的、紅色的、藍色的、白色的！它們爭先恐後閃耀著光、星群交相輝映。天上不見那輪月，但是就算沒有月光，半明半暗、無陰影的夜色中，萬物仍清朗可辨。薩寧穿過整條街走到街尾……他不想馬上回旅店；他覺得自己應該在清新的空氣中再多待一會兒。他往回折返——還沒走到洛澤里家的糖果店那棟房子前面時，臨街的一扇窗戶突然吱呀一聲打開了——黑色的四方形窗框之中（房間裡沒開燈）是一位女性的身影——他聽見有人喊他的名字：「Monsieur Dimitri!」[1]

他立刻奔向窗口……是傑瑪！

她的手臂撐在窗臺上，向前探出身體。

「德米特里先生，」她說話的口氣很是小心謹慎，「今天一整天我都想著給您一樣東西……但沒給成；現在，又突然看見您，想了想，這應該就是命中註定……」

1 法語：德米特里先生！

說到這裡，傑瑪下意識地不說了。她沒法說下去了：因為就在這時，一件不同尋常的事情發生了。

萬籟俱靜之中，天空中萬里無雲，倏忽間，驟然刮起一陣旋風，整個大地彷彿都在腳下戰慄，微弱的星光瑟瑟發抖，很快四散而去，大團氣流旋轉翻滾。這股旋風一點都不冷，而是溫暖的，甚至是炙熱的，抽打著樹木、屋頂、牆壁，抽打著街道；它一下子就吹落了薩寧頭上的帽子，刮起和吹亂了傑瑪一頭烏黑的鬈髮。薩寧的頭部位置正好跟窗臺的高度齊平；他下意識地貼了過去——於是傑瑪用雙手一下子抓住他的肩頭，胸脯貼在了他的頭上。喧囂聲、叮噹聲和轟隆聲持續了一分多鐘……狂暴的旋風如巨大的鳥群般呼嘯而過之後……一切又重歸寂靜。

薩寧微微抬起頭，就看見他面前那一張美豔絕倫、驚慌失措而又春意蕩漾的臉，看見那一雙大大的、驚恐的、閃閃發光的眼睛——他從未見過這樣一位美人兒，他的心都停止了跳動，他把嘴唇緊緊貼向垂在他胸口的她那一束頭髮——只能說出：

「噢，傑瑪！」

「剛才那是什麼？閃電？」她說，眼睛四處張望，而並沒有將自己裸露的手臂從他肩上抽回來。

「傑瑪！」薩寧還在喊她的名字。

她歎了一口氣，回頭望了一眼房間，飛快地從自己的裙腰掏出一朵已經枯萎了的玫瑰花，將它拋給了薩寧。

「我想把這朵小花送給您……」

他認出了這朵他頭一天奪回來的玫瑰花……

但窗戶已砰的一聲關上了，暗淡的窗玻璃後面漆黑一片，連一點反光也沒有。

薩寧光著頭回到了旅店……他甚至都沒發現自己把帽子丟了。

21

直到天快亮了他才睡著。太自然不過了！在那一陣夏日驟然而至的旋風的錘煉之下，他幾乎也是驟然間感覺到——不是感覺到傑瑪是個美人，也不是感覺到他喜歡她——這些他之前就感覺到了……感覺到的是他幾乎已經……愛上了她！愛情，就像那股狂風席捲了他。而現在卻還有一場愚蠢的決鬥！悲哀的預感開始折磨他。好吧，設想一下，就算他不會被一槍打死……他對這位女孩的愛、對這個別人的未婚妻的愛又能指望有什麼結果呢？甚至還可以設想，就算這個「別人」對他沒什麼危險，就算傑瑪自己會愛上他或者已經愛上了他……那又會有怎樣的結果呢？還能怎樣？這樣一個美人……

他在房間裡走來走去，坐到桌子前面，拿起一張紙，寫了幾行字——馬上又劃掉……他又想起了暗淡的窗口、星光之下傑瑪那柔美的身形、溫暖的旋風吹拂下她整個人的氣息；想起了她那大理石般潔白、只有奧林匹亞山上的眾女神才會有的那樣的雙手，他感覺到了那雙手在自己肩上真實的重量……隨後他又拿起了她拋向他的那朵玫瑰——似乎他覺得，比起玫瑰花平常的香氣，這半枯萎的玫瑰花瓣散發的是另一種更加細膩的香……

「假如突然他被打死或者打殘廢了呢？」

他沒有躺到床上，而是衣服沒脫就在沙發上睡著了。

有人推了推他的肩膀……

他睜開眼睛一看，是龐塔列奧內。

「他睡得跟巴比倫決戰前一夜的亞歷山大・馬其頓一樣！」老頭大聲說道。

「幾點了？」薩寧問。

「七點差一刻；趕到哈瑙——還需要兩個鐘頭車程，而我們一定得比他們先抵達。俄羅斯人總是這樣警示對手！我租到了法蘭克福最好的馬車！」

薩寧開始盥洗。

「那手槍在哪裡？」

「那個該死的德國佬會把手槍運過去。還有一位醫生也是他負責送到。」

龐塔列奧內看來跟昨天一樣精神飽滿；但當他跟薩寧一起坐進馬車，當馬車夫啪啪甩響馬鞭而馬兒邁步開跑的時候——昔日的歌手和帕杜亞龍騎兵的老友身上起了突然的變化。他變得發窘，甚至膽怯起來。他的內心彷彿有個什麼東西像一面壘得很差的牆壁一樣被徹底摧垮了。

「可是我們在幹什麼呀，我的上帝，santissima Madonna[1]！」他突然尖聲喊起來，抓住自己的頭髮，「我在幹什麼，我這個老笨蛋、瘋子、傻瓜（frenetico）？」

薩寧吃了一驚並笑了起來，他輕輕攬住龐塔列奧內的腰，跟他提到了一句法國諺語：「Le vin est tiré-il faut le boire.」[2]（用俄語來說即是「扛起了軛頭，就別說沒力氣」。）

「對，對，」老頭子回答，「這杯酒我和您一定要乾掉它——而我真是瘋了！我是瘋子！一切曾經那樣安靜、美好……突然間：噠——噠——噠，特拉——噠——噠！」

「就好像樂隊裡的tutti[3]，」薩寧勉強地笑著說，「但是錯不在您。」

「我知道，不是我的錯！有什麼好說的！這畢竟還是……一個如此放縱的行為。見鬼（Diavolo）！見鬼（Diavolo）！」龐塔列奧內反覆說，一邊搖晃那綹頭髮一邊歎氣。

馬車不停地跑著、跑著。

真是一個美好的清晨。法蘭克福的街道剛剛熱鬧起來，一切都顯得如此純淨、宜人；一棟棟房子的窗玻璃像金屬箔片依次閃著金光；而馬車剛一駛出城門——從頭上，從淡藍色、還不是很明亮的天空中，就傳來百靈鳥嘹亮的鳴叫。突然在公路拐彎處的一棵高大的楊樹後面有個熟悉的身影一閃，邁了幾步就停在那裡。薩寧定睛一看……我的上帝！是埃米爾！

「難道他知道什麼了嗎？」他轉身問龐塔列奧內。

「我不是跟您說了，我是瘋子，」可憐的義大利人絕望地、幾乎是吼著大叫起來，

「這個惹禍的孩子整夜都讓我不得安寧——我就只好在今天早上，終於全都告訴他了！」

「這就是你所說的segredezza（保密）！」薩寧心想。

馬車行駛到埃米爾前面；薩寧吩咐馬車夫勒住馬匹，將「惹禍的孩子」叫到面前。埃米爾怯生生地靠過來，他臉色蒼白，蒼白得跟他發病那天一樣。他勉勉強強地站住了。

「您在這裡幹什麼？」薩寧嚴厲詢問他，「為何不待在家裡？」

「請允許……請允許我跟您一起去吧。」埃米爾囁嚅著說，聲音發抖，伸著兩手。他的牙齒像發熱病的人一樣叩得直響。「我不會妨礙您——只要您帶上我！」

「如果您對我哪怕還有一點點眷愛和尊重，」薩寧說，「請您馬上回家或者去克柳別爾先生的商場，別跟任何人講一個字，直到我回來！」

「等您回來，」埃米爾哽咽著說——他清脆的聲音戛然而止，「但是，萬一您……」

「埃米爾！」薩寧打斷了他的話，眼神朝馬車夫示意再等一下，「請記住我的話！埃米爾，請回家去吧！聽我的話，我的朋友！您說您愛我。那麼，我請求您！」

---

1 義大利語：至聖聖母。（原注）

2 法語：酒一旦倒上，就應該乾掉。（原注）

3 義大利語：全體齊奏。（原注）

他把一隻手伸向他。埃米爾踉蹌地往前邁了一步，抽噎了一下，就把那隻手緊緊貼在自己的嘴唇上，隨後，他離開了公路，穿過田野，往法蘭克福城的方向跑去。

「同樣是一顆高尚的心靈。」龐塔列奧內嘟囔了一句，但薩寧憂鬱地看了他一眼……老頭子就縮回馬車一角去了。他知道自己錯在哪裡；而除此之外他越來越感到詫異的是：難道他確確實實地當了一名決鬥助手，馬匹也弄到了，一切都安排得井井有條，而且在清晨六點離開自己寧靜的寒舍啟程出發？難怪他的雙腿已經酸痛得不得了啦。

薩寧認為很有必要提振一下他的士氣——說到做到，他還真找到要說的話了。

「您往日的那種精神氣概哪裡去了，尊敬的齊帕朵拉先生？il antico valor（往日的豪邁）哪裡去了？」

齊帕朵拉先生直了直身體，擰了一下眉頭。

「Il antico valor（往日的豪邁）？」他用自己的男低音說道，「Non è ancora spento（尚未全部喪失）——il antico valor（往日的豪邁）！」

他又拿起一副派頭，開始談起自己的演出生涯、歌劇，還有偉大的男高音歌唱家賈西亞——就這樣像模像樣地抵達了哈瑙。你想像得到吧：世界上沒有比語言更強大有力的了……也沒有比語言更軟弱無力的！

22

要進行決鬥的那片小樹林距離哈瑙四分之一俄里[1]。薩寧和龐塔列奧內如老頭子提醒的那樣搶先到達；他們吩咐馬車停在森林邊，就往樹林的深處走，一直走到一些樹木濃密的樹蔭下。他們等了將近一個鐘頭。

等待對於薩寧來說倒不是很重的負擔；他沿著小路來回閒逛，聽小鳥唱歌，觀察蜻蜓飛行的軌跡，跟大多數俄國人一樣，盡量什麼也不去想。只有一次他陷入沉思：他看見了一棵小椴樹，貌似被昨天的暴風雪折斷了。小樹肯定要死去……樹上所有的葉子都會死光。「這是什麼？預兆？」他腦海裡閃過這個念頭；但是他馬上就吹起口哨，一步跨過那棵小椴樹，沿著小路繼續前行。龐塔列奧內呢——他嘮嘮叨叨，咒罵著德國人，嘴裡不停地嘟囔，一下子捶捶背，一下子揉揉膝蓋。他甚至焦躁得打起了哈欠，這讓他那縮成一團的小臉上的表情看起來非常滑稽可笑。薩寧看著他差點哈哈大笑起來。

終於，柔軟的沙石路上傳來一陣車輪聲。「他們來了！」龐塔列奧內低聲說了一句，

1 舊俄丈量單位，一俄里等於一．六一公里。

渾身一震，挺直了身體，剎那間還有點神經質的戰慄，不過，他連忙掩飾了過去，感歎地咕嚕了一聲！——接著指出，今天早上的空氣真清新。野草和樹葉上都掛滿露水，但是炎熱已經鑽進了森林裡。

兩位軍官不久後出現在森林的拱形樹蔭下；陪同他們倆還來了一位個子不高、長得很結實、表情冷漠、幾乎是睡眼惺忪的人——軍醫。他一手拎著一個盛滿水的土罐以備急需；左肩挎著一個裝著外科手術器具和繃帶的書包。顯然，他對類似的差事再熟悉不過了；這些差事也成為他收入的一個主要來源：每次決鬥都能為他帶來八個金幣[2]——決鬥雙方每一方四個金幣。裝著手槍的匣子由馮・里赫捷爾先生拿著，馮・頓戈弗先生手裡搖晃著一根小馬鞭，大概是為了「擺闊」。

「龐塔列奧內！」薩寧跟老頭子耳語道，「如果……如果我被打死——一切都有可能——從我側口袋裡掏出那張紙——紙裡面包著一朵花——請將它交給傑瑪小姐。您聽見了嗎？您保證？」

老頭子悲涼地看了他一眼——肯定地點了點頭……但是天知道，他是否真明白薩寧要他做的事情。

兩位對手和各自的助手按照慣例相互鞠了一躬；那位醫生甚至眉毛也沒抬一下——就打著哈欠，一屁股坐到草地上。「講究騎士的禮節，」他說，「可不關我的事情。」

馮·里赫捷爾先生讓「特什巴朵拉」先生挑選決鬥地點；「特什巴朵拉」先生舌頭也轉不過來（他內心那堵「牆」又坍塌了），說道：「您來吧，大人；我看著……」

於是，馮·里赫捷爾開始選點。就在森林裡，他找到了一片超級漂亮、長滿野花的林間空地；用腳步量好了距離，兩個端點用匆忙削好的樹枝作為標記插好，從箱子裡取出兩支手槍，蹲下來，裝好子彈；總而言之，他使出渾身的力氣忙著張羅，不停地用白手帕擦他那張滿頭大汗的臉。陪同他的龐塔列奧內卻更像是一個呆頭呆腦的木頭人。

整個這些準備期間，兩個對手站在不遠處，就像兩個跟自己的老師賭氣的受處罰的中學生。

關鍵時刻到來了……

兩人舉起了自己的那把槍……[3]

就在這個時候，馮·里赫捷爾先生跟龐塔列奧內說，作為一個年長的副手，根據

---

2 不同時期，舊俄金幣等於三、五、十個盧布不等。
3 引自普希金長詩《葉甫根尼·奧涅金》第六章二十九節。

決鬥規則最後喊出「一！二！三！」之前，他還必須要對兩位決鬥者進行最後的勸告和建議和解；雖然這種建議從來都不會帶來任何結果，幾乎完全只是淪為一種空洞無物的形式，然而履行這種形式卻可以免除齊帕朵拉先生的某些責任；當然，這種勸諭[4]也是所謂「不偏不倚的證人」（unparteiischer Zeuge）的直接責任，但因為他們沒有這樣一位證人，他、馮・里赫捷爾先生自願將這個特權賦予他尊敬的同行。龐塔列奧內這時候已藏到看不見欺辱者軍官的樹叢後面去了，所以一開始根本沒聽明白馮・里赫捷爾先生講了些什麼——更何況這些話鼻音很重；但是突然之間，他猛地渾身一抖，飛快地跑上前來，兩隻手猛烈捶打自己的胸口，用嘶啞的嗓音、法語義大利語混雜在一起大喊大叫起來：「A la-la-la...Che bestialitá! Deux zeun'ommes comme ca qué si battono-perche? Che diavolo? Andate a casa!」[5]

「我不同意和解。」薩寧馬上宣稱。

「我也不同意。」對手緊跟著他說。

「既然如此，請您喊：一、二、三！」馮・里赫捷爾對失魂落魄的龐塔列奧內說。

老頭又慢慢躲到樹叢後——這才全身顫抖、眼睛緊瞇，頭扭向一邊，敞開嗓門大聲喊道：

「Una...due...e tre!」[6]

首先開槍的是薩寧——並沒有命中。他的子彈啪的一聲射進了樹幹。緊跟著，男爵頓戈弗也開了一槍——故意偏向一邊，朝天開了一槍。緊張的沉寂……誰也沒挪一步。龐塔列奧內輕輕哎喲了一聲。

「還繼續嗎？」頓戈弗問。

「您為什麼朝空中放槍？」薩寧問。

「這不關您的事。」

「您接下來第二次也要朝空中開槍嗎？」薩寧緊迫盯人地再問。

「有可能；不知道。」

「對不起，對不起，兩位先生……」馮・里赫捷爾說，「決鬥期間決鬥者不能相互交談。這完全不符合規定。」

「我拒絕再開槍。」薩寧說完，把手槍扔在地上。

「我也不打算繼續決鬥了，」頓戈弗大聲說，也把手槍扔到一邊，「而且我現在願意

---

4 來自拉丁語中的「allocutio」，意為「勸諭、言語、規勸」。（原注）

5 義大利語和法語：啊呀——呀——呀……太野蠻了！兩個風華正茂的年輕人決鬥——為了什麼？真是見鬼了？你們應該各自回家去！（原注）

6 義大利語：一……二……三！（原注）

承認，是我錯了——前天。」

他在原地猶豫了一會兒——緩緩將手伸向前面。薩寧快步走到他面前——握住了他的手。兩個年輕人微笑著互相看了看——兩張臉都紅撲撲的。

「好啊！好啊！」龐塔列奧內像個瘋子一般，突然大聲嚷嚷，拍著手，像一陣風一樣從樹叢後面跑出來；而那位在伐倒的一棵樹幹上坐得太久的醫生，慢慢站起身，將罐子裡的水全倒掉，懶洋洋地朝樹林一邊走去。

「榮譽受到了保護——決鬥結束！」馮·里赫捷爾宣布。

「Fuori!（好！）」龐塔列奧內按照劇院的習慣又高聲喝了一聲彩。

跟兩位軍官鞠躬告別並坐進馬車廂後，的確，薩寧全身心感到的即便不是滿足，至少也是某種程度的輕鬆，像剛經歷了一場手術；但是另一種有點類似羞愧的感受也蠢蠢欲動起來……他感到這場決鬥顯得虛偽、是預先設定的走過場，像軍官和大學生之間的一場遊戲，而他在決鬥中剛剛扮演了決鬥者的角色。他想起了那位臉色陰鬱的醫生，想起他的微笑——還擰著鼻子，當他看到薩寧幾乎是挽著男爵頓戈弗的手臂走出樹林的時候。隨後，當龐塔列奧內將這位大夫應得的四個金幣付給他的時候……唉！總覺得哪裡不太對勁！

是的，薩寧覺得有點羞愧和可恥……儘管，從另一方面來說，他又能做些什麼呢？

總不能讓軍官的無禮行為不受到懲罰、總不能學那位克柳別爾先生的樣子吧？他是為了傑瑪才這樣做的，他保護了她……就是這樣；而他還是心亂如麻，覺得良心上過不去，甚至覺得可恥。

龐塔列奧內——卻興奮異常！驕傲突然占據了他。戰場上得勝歸來的常勝將軍也沒有他看起來這樣揚揚得意。薩寧在決鬥中的表現讓他非常滿意。他尊稱薩寧為大英雄——對薩寧的勸阻和要求聽也不想聽。他將薩寧比作大理石雕或青銅像——比作《唐·璜》中的那位首席騎士！至於說到他自己，他承認他感到有些慌亂。「但我是演員，」他說，「我天生就敏感，而您——是白雪和花崗岩之子。」

薩寧簡直不知道如何才能讓這位興高采烈的演員平靜下來。

幾乎就在道路的同一個地方，兩個小時左右之前他們遇到埃米爾的那個地方，他又從樹後面跳了出來。他高興地喊叫、揮舞頭頂的帽子、跳躍著、直接向馬車飛跑過來，差一點跌倒到車輪下，還沒等馬停下腳步，就拚命擠進還關著的車門——雙眼緊緊地盯著薩寧。

「您活著，您沒受傷！」他翻來覆去地說。「請原諒我，我沒有聽您的話，我沒回去法蘭克福……我做不到！我一直在這裡等著您……請您告訴我都發生了些什麼！您……打死了他嗎？」

薩寧好不容易才讓埃米爾安靜下來，讓他坐好。

龐塔列奧內廢話連篇地、繪聲繪影地給他講述了決鬥的全部細節，當然，最後也沒忘記再次提及青銅雕像和首席騎士！他甚至從自己的位子上站了起來，笨拙地劈開兩腳以便保持住平衡，雙手交叉抱在胸前，眼睛從一個肩頭輕蔑地斜視過去，把騎士薩寧表現得活靈活現！埃米爾滿懷景仰地聽著，有時用讚歎聲打斷講述或者飛快地欠起身、同樣飛快地親吻一下自己的英雄朋友。

馬車的車輪沿著法蘭克福的街道轔轔而行——最後終於在薩寧下榻的旅店門前停了下來。

當薩寧在兩位同伴的陪同下走到旅店二樓樓梯的時候，突然一個婦女邁著急促的步子從幽暗的走廊裡走了出來：她頭上蒙著紗巾，在薩寧的面前停住，身體微微一晃，顫抖地吸了一口氣，就迅速地往樓下大街跑去——隨後就消失了，令門童大為吃驚的是，據他說，「這位女士等外國先生回來已超過一個小時」。雖然她只是在眼前一閃而過，薩寧還是認出了她就是傑瑪。褐色的紗巾雖然密實，他還是認出了傑瑪的眼睛。

「難道傑瑪小姐都知道了……」他朝著緊跟在他身後走著的埃米爾和龐塔列奧內，用德語拖著不太滿意的腔調說。

埃米爾一下子臉紅了，慌了神。

「我實在沒辦法才跟她說的，」他囁嚅地說，「她一直猜來猜去，而我怎麼也不能……但是現在這些都毫無意義了，」他又興奮起來，「結局真是太完美了，而她也看見您健健康康、毫髮無損！」

薩寧轉過身。

「你們倆可真是大嘴巴啊！」他懊惱地說了一句，走進自己的房間就坐了下來。

「請您別生氣。」埃米爾懇求道。

「好吧，我不生氣。（薩寧確實沒生氣——再說，說到底，他難道希望傑瑪對這件事一無所知嗎？）好啦……不用再擁抱了。現在你們走吧。我想一個人待著。我要睡覺。我累了。」

「好主意！」龐塔列奧內讚歎道，「您需要休息！您完全應該好好休息，尊敬的先生！我們走吧，埃米爾！踮起腳走！踮起腳！噓——！」

薩寧說他想睡覺，本來只是為了打發兩個同伴離開；但是，真剩下他一個的時候，他真切切地感到了渾身透著的疲乏：他前一晚幾乎沒合過眼，所以剛一躺到床上，馬上就沉沉地進入了夢鄉。

23

他一連熟睡了好幾個小時。那之後他還做了個夢，夢見他又在決鬥，但站在他對面的對手變成了克柳別爾先生，而一棵雲杉樹冠上有一隻鸚鵡，且這一隻鸚鵡就是龐塔列奧內，他總是捏著鼻子重複地說：一，一，一！一，一，一！

「一……一……一！」他已經聽得不能再清楚了：他睜開眼睛，抬起頭……有人在敲他的門。

「請進！」他喊道。

敲門的是旅館服務生，通報說有一位女士非常想見他。「傑瑪！」他的腦海一閃念……但來的女士是傑瑪的母親——萊諾拉太太。

她剛走進房間，便立刻坐到椅子上哭起來。

「您怎麼啦，我善良、可愛的洛澤里太太？」薩寧說著，就坐到她跟前並輕輕撫摩她的手，「發生了什麼事？請放下心來，我請求您。」

「哎呀，德米特里先生！我太……太不幸了！」

「您，不幸？」

「哎呀，非常！而我怎麼能夠預料得到？突然，簡直青天霹靂……」她喘氣都喘得很困難。

「但是出什麼事了？請說！要給您倒一杯水嗎？」

「謝謝，不用。」萊諾拉太太用手帕擦完眼淚，又哭得更厲害了，「所有的一切我都已經知道了！一切！」

「怎麼說是一切？」

「就是今天發生的一切！還有起因……我也一清二楚！您的所作所為就是一位高尚人的行為；但是多少不幸的情況都湊到一起了！難怪我不太喜歡這次索登的郊遊……難怪！（萊諾拉太太郊遊那天根本就沒說過類似的話，但現在她覺得——她在那個時候就已預感到了『一切』。）所以我才來到這裡找您，因為您是一個高尚的人、一個朋友，雖然五天前我才第一次見到您……但我只是一名寡婦，孤苦伶仃……我的女兒……」

萊諾拉太太泣不成聲。薩寧不知道如何是好。

「您的女兒怎麼啦？」他又問道。

「我的女兒，傑瑪，」萊諾拉太太幾乎帶著呻吟聲從哭得溼透了的手帕下喊出這一句，「今天跟我說她不想嫁給克柳別爾先生了，還要我別答應這門婚事！」

薩寧甚至微微一震：這個結果他沒有料到。

「我暫且不說，」萊諾拉太太繼續說道，「這多丟臉，還有天底下從未聽說過未婚妻退掉未婚夫的事情；對於我們來說這就等於破產，德米特里先生。」萊諾拉太太努力把手帕捲成越來越小的一團，就好像要將自己所有的痛苦都捲到裡面去一樣，「單靠我們小店的收入我們再也活不下去了，德米特里先生！而克柳別爾先生非常富有而且還會越來越富有。那麼憑什麼要退他的婚呢？憑他沒有出頭維護未婚妻嗎？就算從他那一方面來說他做得不算太好，但要知道他就是一個平民百姓，也沒上過大學，而作為一個有頭有臉的商人，他也不應該把完全不認識的一位小軍官的輕浮行為太當一回事。況且，這又算什麼侮辱，德米特里先生？」

「對不起，萊諾拉太太，您好像是在指責我。」

「我一點都沒有指責您，一點都不！您完全是另外一回事；您，跟所有俄國人一樣，都是軍人……」

「抱歉，我完全不是……」

「您是一個外國人、觀光客，我很感激您。」萊諾拉太太不聽薩寧的話，自顧自繼續說下去。她急喘大氣，揮舞兩隻手，再打開手帕擤鼻涕。就憑她表達自己痛苦的這種方式來看，她不是個爽朗的北方人。

「假如克柳別爾先生跟顧客打起來了，那他還怎麼在商場裡做生意？這簡直無法想像！現在可好，我卻要跟他提退婚！但我們靠什麼生活呀？以前只有我們一家做止咳糖和開心果牛軋糖——還有顧客來找我們買，而現在大家都在做甜點了！請您想一想：你們的決鬥本來就要在城裡被議論得沸沸揚揚了……難道這藏得住嗎？而突然婚禮又告吹了！這簡直就是胡鬧，胡鬧！傑瑪是非常優秀的女孩；她很愛我，但她又是個倔強的共和主義者，聽不進去別人的意見。只有您一個能說服得了她！」

薩寧比之前更加驚訝了。

「我，萊諾拉太太？」

「是的，只有您一個人……您一個人。正因為如此我才來找您：我想不出別的辦法！您有學問，人又非常好！您已經為她挺身而出過了。她信您！她肯定會信您的——要知道您為了她都拿自己的生命冒過險！請您勸勸她，而我真是沒有辦法了！請您告訴她，她會把她自己和我們所有人都毀掉。您救了我的兒子——請再救救我女兒！您是上帝親自派過來的……我可以跪下來請求您……」

於是萊諾拉太太從椅子上抬起半個身子，好像真準備朝薩寧跪下來似的……薩寧攔住了她。

「萊諾拉太太！看在上帝的分上！您這是幹什麼？」

她急忙抓住了薩寧的雙手。

「您答應了？」

「萊諾拉太太，請您想一想，怎麼我也扯不上……」

「您答不答應？您不希望我現在就死在您面前吧？」

薩寧六神無主了。生平第一次讓他遇上一個一點就著的義大利血統的女人。

「只要您想叫我做什麼都行！」他大聲說，「我去跟傑瑪小姐談一談……」

萊諾拉太太高興得叫了起來。

「說真的，我只是不知道會有什麼結果……」

「哎呀，您不要推辭！不要推辭！」萊諾拉太太懇求道，「您已經同意了的！結果，想必也會非常好。退一萬步說，我反正已經沒什麼法子了！她不聽我的話！」

「她跟您說不願意嫁給克柳別爾先生，說的態度非常堅決嗎？」沉默了一會兒，薩寧問道。

「非常堅決，斬釘截鐵！她完全像她父親，喬萬尼．巴提斯塔！膽大包天！」

「膽大包天？她嗎？……」薩寧拖長聲音再問道。

「是啊……是啊……但她也是一個天使。她會聽您的。您會來嗎，很快就來嗎？噢，我可愛的俄羅斯朋友！」萊諾拉太太猛地一下子從椅子上站起身，並且同樣猛地一下子攬過坐在她面前的薩寧的頭。「請接收一位母親的祝福——麻煩請給我一杯水喝！」

薩寧給洛澤里太太倒了一杯水，向她保證他很快就去，並把她送下樓到大街上——當他回到自己的房間時，甚至兩手一拍，瞪圓了一雙眼睛。

「這下好了，」他想，「現在，生活這下可熱鬧了！熱鬧得簡直讓人頭昏腦脹。」他都沒來得及回過神就已經知道，發生了什麼事：一團糟——真要完蛋了！「真趕上了這麼個日子！」他不由得嘟囔了一句，「膽大包天……她母親說……而我卻想要說服她——她?!我又能說些什麼呢?!」

薩寧真的是頭昏腦脹——而在各種各樣的感覺、印象還有說不出來的想法交織在一起的這場旋風之中，傑瑪的影子，那個溫暖的、電閃雷鳴的夜裡如此難以磨滅地銘刻在他記憶中的那個影子，那個星光閃爍中、幽暗窗口裡的影子，又浮現在他腦海裡！

24

薩寧邁著遲緩凝重的腳步走到洛澤里太太的家門口。他的心跳得非常厲害；他明顯感到甚至聽見他的心臟在撞擊肋骨。他跟傑瑪能說什麼呢，他又要怎麼說？他沒有經過糖果店進他們的家門，而是從屋後面的臺階上去的。他在一間不大的前室遇到了萊諾拉太太。她非常高興他來了，都有點被嚇到了。

「我一直在等您，等著您來，」她小聲說道，兩手交替地握緊他的一隻手，「到花園裡去吧；她在那裡。請記著啊：我可是指望您了！」

薩寧進了花園。

傑瑪坐在靠近小徑邊的長椅上，正從裝滿櫻桃的大籃子裡挑選熟得正好的果子放進餐碟。太陽低沉西落——已到晚上七點——洛澤里太太的整個小花園都籠罩在這一大片斜陽的餘暉中，其間紫紅色多過金黃。偶爾，勉強還聽得見樹葉低緩的竊竊私語，晚歸的蜜蜂從這朵花飛到旁邊另一朵花，傳來一陣陣嗡嗚聲，而一隻斑鳩不知道在哪裡咕咕唱著——單調乏味又不知疲倦。傑瑪頭上依然戴著那頂去索登郊遊時戴的草帽。她從草帽簷下面望了薩寧一眼，又低頭去弄籃子裡的東西了。

薩寧慢慢向傑瑪走過去，下意識地讓每一步邁得更慢，可是……可是……可是他什麼話也不會說了，除了問她這一句：她挑揀這些櫻桃幹什麼？

傑瑪並沒有馬上回答他。

「這些——比較熟的果子，」她最後說，「可以做果醬，而其他那些做櫻桃餡餅。您知道嗎，我們家就在賣這種有糖的圓餡餅。」說完，傑瑪的頭低得更低，而她拿著兩顆櫻桃的右手此時正好停在籃子和餐碟之間。

「我可以坐到您旁邊嗎？」薩寧問。

「可以。」傑瑪在長椅上挪了挪位置。

薩寧在她身邊坐了下來。「要怎麼開始？」他想著。但是傑瑪幫他解了圍。

「您今天去決鬥了，」她突然來了興致，整張美麗而羞怯得泛起紅暈的臉龐轉向了薩寧——她的眼中是怎樣深深的感激在閃耀啊！「而您卻如此淡然無事？就好像對您來說沒有什麼危險一樣，是嗎？」

「不值一提！我沒遇到什麼危險。結果非常圓滿，任何人都沒受到傷害。」

傑瑪用一根手指頭在眼前左右晃了晃……這也是義大利式的手勢。

「不！不！不要這麼說！您別騙我！龐塔列奧內都跟我說了！」

「您可找到一個可信賴的人了！他是不是還把我比作騎士銅像？」

「他的表達方式也許滑稽可笑，但無論他的情感，還是您今天的行為，都沒有什麼可笑的。並且所有這些都是因我而起……因為我。我永遠都不會忘記。」

「我相信您，傑瑪小姐……」

「我不會忘記。」她一字一頓地又說了一遍，又盯著他望了一眼才轉過頭去。

現在他可以看見她纖弱、清麗的側影了，他覺得，他從未見過如此美好的側影，也從未體驗過此時此刻的這種感覺。他的心已被點燃。

「但我的承諾呢！」他心裡念頭一閃。

「傑瑪小姐……」一剎那的動搖之後，他還是開了口。

「什麼？」

她沒有轉過身來，仍舊低著頭挑揀櫻桃，小心翼翼地用指甲拎著櫻桃的細梗，細緻地撥開櫻桃葉……但是僅僅這一個「什麼」當中又蘊含了怎樣充滿信任的柔情?!

「您的媽媽什麼也沒跟您說……關於……」

「關於什麼？」

「有關我的？」

傑瑪突然將她揀好的櫻桃又扔回籃子。

「她跟您談過了？」她反過來問他。

「是的。」

「她到底跟您說了些什麼？」

「她告訴我說您……說您突然決定更改了……自己以前的想法。」

傑瑪的頭又低了下去，整個腦袋都躲進了帽子後面，只露出脖頸，柔軟又嬌嫩，像一朵花的花莖。

「什麼樣的想法？」

「您的想法……有關……您未來生活的規畫。」

「也就是說……您指的是克柳別爾先生？」

「是的。」

「媽媽對您說，我不想成為克柳別爾先生的妻子，對嗎？」

「是。」

傑瑪在長椅上挪動了一下。籃子一歪，倒了，有些櫻桃就滾到路上了。一分鐘過去了……又過了一分鐘……

「她為何要跟您說這個呢？」傑瑪的聲音在說。

薩寧還是只能看得見傑瑪的脖頸。跟先前相比，她的胸脯起伏得更厲害了。

「為何？您媽媽想的是，我跟您在這麼短的時間，可以說就交上了朋友，同時您對我開始有了一些信任，這樣的話，我就可以給您提點有益的建議——而您就能採納我的建議。」

傑瑪的兩隻手悄悄地滑向膝蓋……她在翻弄自己連衣裙上的裙褶。

「您要給我提什麼樣的建議呢，德米特里先生？」頓了不多一會兒，她問道。

薩寧看見傑瑪的手指頭在她的膝蓋上顫抖……她翻弄裙褶只是為了掩蓋她的顫抖。他將自己的一隻手輕輕地放在她白淨的、顫抖的手指頭上。

「傑瑪，」他輕聲說，「您為何不看著我？」

她猛地將自己的帽子往肩後一掀——直視著他的眼睛，那雙跟先前一樣令人信任和善良的眼睛。她在等他開口……但是她整個臉龐令他羞於直視，好像迷住了他的眼睛。夕陽溫暖的迴光照亮了她年輕的臉龐——而她臉上的神情比這反射光還要明亮和耀眼。

「我會聽您的，德米特里先生，」她微微笑了笑，稍稍揚了揚眉頭，說道，「但您要給我提什麼樣的建議呢？」

「什麼樣的建議？」薩寧重複道。「您知道了嗎，您母親以為，您拒絕克柳別爾先生僅僅是因為他前天沒有表現出特別的勇敢無畏……」

「僅僅因為？」傑瑪說完，彎腰拾起籃子放到身邊的椅子上。

「她說……總而言之……拒絕他，從您的角度而言——是不明智的；她說，一旦邁出這一步，隨之引起的所有後果都必須仔細掂量；她說，最後，您家裡生意的現狀也賦予了您家族每一位成員所應承擔的眾所周知的責任……」

「這都是——媽媽的意見，」傑瑪打斷了他的話，「這是她說的意見。這些我知道了；但您是什麼意見呢？」

「我的？」薩寧沉默了一會兒。他感覺到有什麼東西堵住了他的喉嚨，不讓他喘氣。「我也是認為，」他費力地說……

傑瑪挺直了身體。

「也是？您——也是這個意見？」

「是……也就是說……」薩寧沒辦法、完全沒辦法再多說一個字。

「好的，」傑瑪說，「作為朋友，如果您建議我改變我的決定……也就是說保留我先前的決定的話——那麼我會考慮。」她自己也沒發現她在做些什麼，又開始將餐碟裡的櫻桃放回大籃子裡去……「媽媽希望我能聽您的話……這有什麼？我很可能就會聽您的話。」

「但是抱歉，傑瑪小姐，我一開始是想知道是什麼原因讓您……」

「我會聽您的，」傑瑪又說了一遍，她的眉頭一直在跳，臉頰發白；她咬著下嘴唇，「您為我做了這麼多，所以我也應該做您希望的事；理應滿足您的願望。我會告訴媽媽……我會考慮一下。您看，說到她，她就剛好走過來了。」

果不其然：萊諾拉太太就站在通往花園的正屋門口。她迫不及待：她坐不住了。照她的盤算，薩寧早就應該對傑瑪勸說完了，儘管他們倆的交談還不到一刻鐘。

「不不不，看在上帝的分上，暫時什麼也不要跟她說，」薩寧急切而幾乎是驚慌地說，「請等一等……我會告訴您，我會給您寫信……而您在此之前不要做出任何決定……請您等一等！」

他用力握了握傑瑪的手，從長椅上一躍而起——而大大出乎萊諾拉太太意料的是，他飛快地從她身邊溜過去，抬了抬禮帽，嘟囔了一句不知道什麼話——就不見人影了。

她走到女兒面前。

「請告訴我，傑瑪……」

傑瑪突然站起身擁抱了她。

「親愛的媽媽，您能否稍微等一等，等一下……等到明天？可以嗎？還有，明天之前不要再說一個字，好嗎？……哎呀！……」

她的眼裡突然溢出晶瑩剔透的、她自己也沒想到的淚水。這讓萊諾拉太太更加吃驚，因為傑瑪臉上的表情絕不是悲傷，而是快樂。

「你怎麼啦？」她盯著她問，「你在我面前從未哭過——怎麼突然……」

「沒什麼，媽媽，沒有什麼！就請您等一等。我們兩個都需要等一等。明天之前您什麼都不要問——讓我們一起揀櫻桃吧，趁太陽沒下山。」

「但是你會理智一點嗎？」

「噢，我會深思熟慮的！」傑瑪意味深長地搖了搖頭。她把櫻桃綁成一束束，將櫻桃高高地舉到她泛著紅暈的臉上。她沒有擦掉眼淚，眼淚自己就乾了。

25

薩寧幾乎是跑著回旅館房間的。他感覺到、他意識到，只有在那裡、只有在跟自己獨處的時候，他才能最終弄清楚：他怎麼了，他到底怎麼了？的確，他勉強才跨進自己的房間，剛剛才坐到寫字臺前面，兩隻手肘在寫字臺上一撐，兩掌貼住臉，就悲傷地、低沉地大喊道：「我愛她，瘋狂愛她！」他就像一塊煤，突然吹掉覆蓋在上面的那一層死灰之後，整個人從裡到外都燃燒起來。那一瞬間……他已經無法理解，他怎麼竟然能跟她並排坐在一起……跟她一起！——竟然能跟她交談，卻感覺不到，他連她的裙邊都喜歡得不得了，他像那些年輕人說的一樣，願意「死在她的腳下」。

花園的最後一次見面決定了一切。現在，當他想她的時候，她已不再是星光下長髮飄飄的樣子了，他看見的是坐在長椅上的她，看見的是她一下子掀掉自己的帽子那樣信任地望著他的樣子……愛情的戰慄和渴望在他周身的血液裡狂奔。他想起了那朵他已經連續三天隨身放在口袋裡的玫瑰花：他抽出了它，顫顫巍巍地將它緊貼在自己的嘴唇上，不由心疼得蹙緊眉宇。現在他什麼也不考慮，什麼也不想，什麼也不盤算，什麼也不預測；他跟過去的一切都疏離不見，他只管飛躍向前：從他孤獨、單身漢的陰鬱岸邊，撲通一聲跳進歡樂、激情四濺的巨流當中——他沒什麼痛苦，也不想知道，這巨流要將他帶向何處，他會不會被這巨流的洶湧波濤擊得粉碎！這已經不是不久前還能哄他入睡的烏蘭德浪漫曲的那股涓涓細流了……這是一股超強的、勢不可擋的波濤！它們勇往直前、飛揚激蕩——而他隨之飛揚。

他抓起一張紙——一個字都沒有塗改，幾乎是一氣呵成寫下了以下的文字：

親愛的傑瑪！

您知道我受託給您的是什麼建議，您知道您媽媽想要的是什麼和她請我做什麼，但是您不知道我現在必須告訴您的是什麼——這就是我愛您，我用一顆初戀之心全心全意地愛您！這一團烈焰突然在我心中燃起，但它如此猛烈，讓我找不到話形容！當您媽媽來找我、請我幫忙的時候——這團火在我心底還僅僅是在隱燃——要不然，作為一個誠實的人，我大概會拒絕履行她的委託……我現在向您做的這番表白，就是一位誠實人的表白。您應該知道您與之交往的是個什麼樣的人——我們之間沒有任何誤解。您看到了，我不能給您任何建議……我愛您，愛您，愛您——除了愛，我的腦海裡、我的心中再無其他！

德・薩寧

折好、封好了信，薩寧本想喚旅館門房差他送信……不！——這樣不妥……讓埃米爾轉交？但要到商場那邊，在那些店員之中再找到他——也不妥。何況已經是晚上了——他有可能已經離開商場。這樣想著，薩寧卻還是戴上禮帽走出旅館到了街上；他轉過一個街角，又轉過去一個——讓他喜出望外的是，埃米爾赫然出現在他面前。腋下挎著一個背包，手裡拿著一捲紙，年輕的熱心人急著趕回家去。

「難怪俗話說得好，每個戀愛中的人都有一顆福星高照。」薩寧想到這裡，喊住了埃米爾。

埃米爾轉過身，朝他跑了過來。

薩寧沒容他高興地問好就把信交給了他，跟他說清楚信要交給誰和怎樣轉交……埃米爾用心聽著。

「不讓任何人看見，對嗎？」他問道，臉上露出一種意義重大和非常神祕的表情，似乎是說：重點在哪裡，我們懂的！

「是，我的好友，」薩寧說完，稍微有點難為情，但他摸了一下埃米爾的臉，「要是有回信……您會把回信送來的，對吧？我就在屋裡。」

「這您就不用擔心啦！」埃米爾高興地低聲說完，就跑開了，邊跑還又一次向他點頭致意。

薩寧回到了旅館房間——沒點蠟燭，往沙發上一躺，雙手枕在腦後，沉浸在剛剛發現的那種情愫之中，這種情愫沒什麼可描述的：誰有過此經歷，就會知道它的痛苦和甜蜜；若無此經歷——也沒必要跟他談起。

房門打開——埃米爾的腦袋露了出來。

「我帶來了，」他小聲地說，「就是這個，回——信！」

他示意了一下，將一張疊好的紙條高舉過頭。

薩寧從沙發上一躍而起，一把從埃米爾手裡抓過紙條。那種欲望在他心裡洶湧澎湃：現在他已顧不上遮掩，顧不上維護面子——甚至是在這個孩子、她的弟弟面前。假如可能的話，薩寧是會在他面前不好意思、克制自己一下的。

他走到窗戶前——就著房前那盞街燈的光線，讀到了以下幾行字：

我請您，我懇求您——明天一整天都不要來找我們，不要露面。我需要這樣，非常需要——屆時一切都會迎刃而解。我知道您不會拒絕我的請求，因為……

傑瑪

薩寧把紙條一連讀了兩遍——喔，他感到她的筆跡是那樣的親切感人和漂亮！——他沉吟片刻，轉向埃米爾。而埃米爾，正臉對著牆，用指甲摳著牆壁，就想讓人覺得他是一個多麼謙遜的年輕人。薩寧大聲喊他的名字。

埃米爾馬上就跑到薩寧面前。

「有何吩咐？」

「請您聽著，朋友……」

「德米特里先生，」埃米爾有點抱怨地打斷了他，「您為何不用『你』稱呼我呢？」

薩寧笑了。

「嗯，好吧。你聽著，朋友（埃米爾高興得輕輕地跳了起來）——聽著：那裡，你明白的，那裡你去回覆，一切盡皆照辦（埃米爾嘴巴緊閉，鄭重地點了點頭）——而你自己……你明天要做什麼？」

「我？我做什麼？您要我做什麼？」

「如果你可以的話，明天一早來我這裡，早一點，我們去法蘭克福郊外一直玩到天黑……好嗎？」

埃米爾又跳了起來。

「那還用說，世上還有更好的事情嗎？跟您一起玩——簡直是太棒了！我一定來！」

「要是不允許你出來呢？」

「會允許的！」

「聽著……不要跟那裡說，是我叫你外出一整天的。」

「幹嘛要說呢？我不說也能出門！這沒什麼好怕的！」埃米爾用力親了一下薩寧就跑了。而薩寧在屋裡踱步良久，很晚才躺下睡覺。他仍舊陶醉在那種驚心動魄但又甜蜜的感覺當中，那種開啟新生活之前興奮的情緒當中。薩寧很滿意的是，他能想出明天約上埃米爾去玩的主意；埃米爾跟他姊姊很像。「他能讓我想起她。」薩寧不禁這樣想。

但是最讓他驚奇的是：昨天的他怎麼會跟今天的他不一樣？他覺得，他「永遠」都愛著傑瑪——就像今天他如此愛她一樣。

26

第二天早上八點，手裡牽著塔爾塔利亞，埃米爾就已來到薩寧的住處報到了。就算同樣是德國父母所生，都沒有比他更守時的了。他跟家裡撒了一個謊：他說早飯前要跟薩寧散散步，然後再去商場。趁薩寧換衣服的時候，埃米爾本來是想跟他談起（老實說，非常猶豫不決的樣子）傑瑪的話題，談起她跟克柳別爾先生之間的小爭執；但薩寧用殘酷的沉默作答，而埃米爾，裝出一副他懂得為何不應該輕易涉及這個敏感點的樣子，再也沒拉回這個話題——只是偶爾擺出一副聚精會神甚至是嚴肅的表情。

喝夠了咖啡，兩位好友出發了——當然是步行——到豪森，一個距離法蘭克福不遠、被森林環抱的小村莊。極目遠眺，連綿起伏的塔烏努斯山脈跟看手掌心一樣盡收眼底。天氣好極了；陽光明媚，溫暖和煦，但並不灼烤；清風弄枝，翠綠的樹葉沙沙作響；高高的、圓形的雲團投在大地上的陰影彷彿不大的斑點，均勻而快速地滑過。兩個年輕人不一會兒就步行出了城，他們沿著打掃得乾乾淨淨的大路往前走，精神抖擻，心情愉悅。拐入森林後，他們在那裡盤桓許久；隨後在一家鄉村小店吃了一頓非常豐富的早餐；接著開始向山上攀登，欣賞一路美景，往山下投擲小石頭，一邊鼓掌，一邊看著那些小石頭一路往下又蹦又跳，跟家養的小兔子般奇怪可笑，直到山下面他們倆看不見的一名過路人尖聲高叫著罵人，他們才住手；隨後他們四平八穩躺在一片乾燥的低矮紫黃色苔蘚上小憩；接著在另一家小酒館又喝了啤酒；然後你追我趕地跑啊跑，兩個人一起跳：看誰跳得遠？他們大聲喊叫，跟回聲對答、唱歌，一起喊「啊」，嬉鬧，折斷樹枝，用蕨類植物的小枝編織帽子戴上，甚至還跳起了舞蹈。

小狗塔爾塔利亞盡其所能，所有的活動牠也都參與其中：當然，牠投擲不了小石頭，但牠像個陀螺一樣跟隨小石頭翻滾而下，兩位年輕人唱歌的時候，牠也附和著汪汪吠叫，甚至也跟著喝了啤酒，儘管明顯很不喜歡的樣子：這個本領還是那個曾經養過牠的大學生教會牠的。順便說一下，牠不太聽埃米爾的話——自己的主人龐塔列奧內的話另當別論，當埃米爾命令牠「說話」或「打噴嚏」的時候——牠只會搖搖尾巴和把舌頭捲成筒而已。

兩位年輕人之間也聊了不少。郊遊開始的時候，薩寧，因年紀稍長和更加理性，談到的話題是關於什麼叫作天命，或者命中註定，還有，人的使命是什麼和由哪些構成；但是對話內容很快就變得越來越不嚴肅了。埃米爾開始跟自己的好友和保護人詢問有關俄羅斯的情況，有關那裡怎樣進行決鬥，還有女人漂不漂亮，能不能很快學會俄語，還有當那個軍官用槍瞄準他的時候，他有什麼感覺？而薩寧也同時問了埃米爾有關他父親、母親以及他們家的一些情況，只是想盡一切辦法避而不提傑瑪的名字——儘管他心裡想的只有她。究其本身來說，他想的甚至都不是她——而是想著明天，想那個神祕、帶給他未知的、從未有過的幸福的明天！就像有一層紗簾，薄薄的、輕柔的紗簾掛在他心之所及的視線前，風徐徐吹拂——於是在那層紗簾後面他能感覺得到……感覺得到有一張年輕、一動不動的宛如天仙的臉龐，嘴上帶著溫柔微笑，眼睫毛卻嚴肅地、佯裝嚴肅地低垂。這不是傑瑪的面容，而是幸福的容顏！最後屬於他的時刻終於到來了，紗簾升起，香唇開啟，睫毛打開——他的女神看見他了——大地一片光明，好像陽光普照，只有無窮無盡的歡樂和喜悅！他想的就是這樣的明天——他的心在沒完沒了的等待生出的憂愁中再一次高興得都快停止了跳動！

這種等待、這種憂愁倒沒耽誤什麼。憂愁陪伴著他的一舉一動，也沒妨礙什麼。憂愁也沒妨礙他和埃米爾在第三家小飯館享受地午餐一頓——只是偶爾，有個想法像一道短促的閃電一樣閃過——要是世界上有人知道了怎麼辦？這種憂愁也沒耽誤他午餐之後跟埃米爾玩跳背遊戲。這個遊戲是在一處開闊的林間空地上玩的……薩寧太驚訝了，太難為情了，因為伴隨著小狗塔爾塔利亞的狂怒吠叫，當他像鳥兒般靈敏地從弓著腰的埃米爾背上飛躍而過的時候，他突然在林間空地的盡頭看見了兩位軍官，而他很快認出那就是昨天決鬥的對手馮．頓戈弗先生和他的助手馮．里赫捷爾先生！兩個人都戴著太陽眼鏡，望著他，冷冷一笑……薩寧腳一落地，就轉過身，迅速穿上扔下的外套，跟埃米爾簡短說了幾個字，埃米爾也穿上外套——兩個人匆匆離開。他們回到法蘭克福時已經很晚。

「家裡會罵我的，」埃米爾告別的時候，對薩寧說道，「算了，無所謂啦！何況我這一天過得多麼奇妙啊！簡直太奇妙了！」

回到旅館，薩寧就拿到了傑瑪的紙條。她約他見面——時間是隔天早上七點，地點在法蘭克福市郊的一個公園。

他的心多麼激動啊！他非常高興的還有，他竟對她如此百依百順！還有，我的上帝，能預兆……這個從未有過、唯一、不可能的——斬釘截鐵的明天又還有什麼不能預兆呢！

他的兩眼恨不能鑽進傑瑪的信裡面去了。信的落款處，她名字的首字母「G」拖著一個長長的小尾巴，令他想起了她漂亮的手指頭、她的手……他想起來，他還一次都沒有吻過這隻手呢……

「義大利女孩，」他想，「不管人家怎麼說，她們羞澀又端莊……傑瑪就更是這樣！女皇……女神……如一座純潔的、聖女的大理石像……但這時刻終會到來——並且已經不遠了……」

那個夜晚，法蘭克福市有這樣一個幸福的人……他睡了；但是還可以用詩人的一句詩說出他自己的心聲：

我睡了……但是一顆敏感的心卻睡不著……[1]

這顆心輕輕地跳動，就像一隻沐浴在夏日陽光下、鑽進花蕊的小蝴蝶扇動的那雙翅膀一樣。

1 摘自列夫·梅伊（一八二二—一八六二）的抒情組詩《猶太人之歌》（一八四九年）中的首句詩。

27

薩寧清晨五點就醒了，六點已穿戴一新，六點半他就在公園裡踱步了，並留神看著傑瑪信中提到的小亭子。

清晨寧靜、溫暖，有點灰濛濛的。有時候似乎眼看要下雨的樣子；但伸出手又感覺沒有雨，只有細看衣服袖子，才會發現像最小的玻璃珠一樣細小的水珠的痕跡；但是這些小水珠很快也不下了。一絲風都沒有——就像世界上根本就沒有過風一樣。每個聲音不是在飛，而是向四周漫延開去；遠處一團白色的水汽漸漸變濃，空氣中飄來一股木樨草和白色刺槐花的香氣。街上的商店還沒有開門，但是已看得到行人；偶爾一輛孤單的馬車嗒嗒駛過……公園裡還沒有其他來遊玩的人。園丁在用鏟子清理街道，動作不疾不徐，而一位身穿黑色呢外套、年老體衰的老太太步履歪斜地穿過林蔭道。薩寧根本不可能將這位走過去的老太太當成傑瑪——不過，他的心一陣發緊，兩眼留神地望著漸漸遠去的黑影。

七點了！鐘樓上的鐘敲響了。

薩寧停下腳步。難道她不來了？一陣寒戰突然掠過他全身。過了一會兒，又一陣寒戰襲來，但已是另外的原因。薩寧聽見身後傳來輕輕的腳步聲，還有女士服飾窸窸窣窣的聲音……他轉過身：是她！

傑瑪沿著他身後的一條小路走來。她身穿一件淺灰色斗篷式外衣，戴一頂不大的深色小帽。她望了一眼薩寧，又把頭掉向一邊——走到跟他並齊的時候，又從他身邊很快走了過去。

「傑瑪。」他喊她的聲音勉強聽得見。

她向他微微點頭——繼續往前走。他跟了過去。

他呼吸時斷時續。兩腿有點不聽使喚。

傑瑪走過一個涼亭，往右一拐，又經過一個不大的淺水池——有一隻麻雀在那裡忙著戲水——再繞過一個高高的丁香花壇，在一張長椅上坐了下來。這地方既舒服又隱蔽。薩寧靠著她坐下。

時間過了一分鐘——無論是他還是她都沒說一句話，她甚至都沒看他一眼——而他也沒看她的臉，而是盯著她拿著一把小雨傘的兩隻相互交疊的手。說什麼好呢？說得再好的意義還能和他們同時出現在這裡、單獨在一起、這麼早、面對面靠得這麼近的意義相提並論嗎？

「您……沒生我的氣吧？」薩寧終於開口。薩寧很難說出比這更蠢的話……他自己也意識到了這一點……但是至少緘默已被打破。

「我？」她回答，「為什麼？不。」

「那您相信我嗎？」他又問。

「相信您寫的那些？」

「是的。」

傑瑪低下了頭，一言不發。雨傘從她手中向下滑落。她連忙抓住，傘才不至於掉到地上。

「哎呀，請您相信我，相信我寫給您的那些。」薩寧大聲說；他的膽怯突然一下子消失殆盡——他愈加熱切地說：「世界上如果存在真理的話，神聖、千真萬確的真理——那就是我愛您，熾熱地愛著您，傑瑪！」

她很快斜著瞟了他一眼，又差一點把雨傘掉到地上。

「請您相信我，相信我，」他反覆地說。他懇求她，兩手伸向她，沒敢碰她。「您想要我做什麼……才能讓您相信？」

她又望了他一眼。

「請告訴我，德米特里先生！」她說，「當您前天來說服我的時候，您很可能還不知道……還沒感覺到……」

「我感覺到了，」薩寧接過話，「但不知道。從我遇見您的那一刻起我就愛上您了，但是當時不明白，您對於我意味著什麼！不僅如此，人家還告訴我，您已經是一個訂了婚的未婚妻……至於說到您媽媽的委託，首先，我怎麼能回絕？其次，我這個委託要怎麼才能轉達給您，恐怕您也猜得出來……」

一陣很重的腳步聲傳來，一位非常壯實的先生，肩上斜挎一個帶鎖的旅行皮包，看得出來是外國人，從花壇後面走出來——像一位過路遊客般毫無禮貌地上下打量了坐在長椅上的這一對，大聲咳嗽了一下，就遠去了。

「您的媽媽，」沉重的腳步聲剛過去，薩寧又開口說，「跟我說，您若是退婚會鬧出亂子（傑瑪微微一蹙眉）；而我本人多多少少也給這種不成體統的說法提供了證據，那……接著呢……我——某種程度上——也有責任說服您不要拒絕您的未婚夫，克柳別爾先生……」

「德米特里先生，」傑瑪一邊說，一邊用手捋了一下偏向薩寧那一方向的頭髮，「請不要稱呼克柳別爾先生為我的未婚夫。我永遠都不會做他的妻子。我已拒絕他了。」

「您拒絕他了？什麼時候？」

「昨天。」

「當著他本人？」

「當著他本人。就在我們家裡。他來過我們家。」

「傑瑪！這麼說，您愛我？」

她轉過臉對著他。

「要不然……我怎麼還會來這裡？」她低聲說完，兩隻手放到了長椅上。

薩寧捉住這雙無力而掌心向上攤開的手——將這雙手緊貼在自己的眼睛和嘴唇上……那一層前晚讓他產生幻覺的紗簾終於升上去了！這就是它，幸福，這就是它光芒四射的容顏！

他抬起頭又看了看傑瑪——直視地、勇敢地。她也望著他——稍稍從上往下看他。她那雙半閉的眼睛噙滿晶瑩而幸福的淚水，輕輕忽閃。而臉龐不是在微微笑……不是！它是在開懷地笑，一種幸福的、儘管是無聲的笑。

他想將她攬在自己的懷裡，但是她閃開了，臉上卻並沒有停止她那種無聲的笑，不贊成地搖了搖頭。「你別急！」——她那雙幸福的眼睛好像在說。

「啊，傑瑪！」薩寧喊了一聲，「我怎麼能想得到，你（當他的嘴裡第一次稱呼『你』的時候，他的心像琴絃般戰慄）——你會愛上我！」

「我自己也沒想到這樣。」傑瑪輕聲地說。

「我怎麼能想到，」薩寧接著說，「我怎麼能想到，途經法蘭克福我本來計畫停留僅僅幾個小時，卻在這裡找到了我整個一輩子的幸福！」

「一輩子？真的嗎？」傑瑪問。

「一輩子，永生永世！」薩寧愈發激動地說。

突然，園丁的鐵鏟鏟地的聲音從他們坐著的長椅兩步遠的地方傳來。

「我們回家吧，」傑瑪低聲說，「我們一起走——你願意嗎？」

假如這時候她跟他說：「跳下海——你願意嗎？」未等她說完最後一句話，他早已縱身躍進海中了。

他們倆一起走出公園，往她家走去，沒有走城區街道，而是經過郊區。

28

薩寧時而與傑瑪並排而行，時而稍稍靠後一點，眼睛離不開她那裡，一直笑嘻嘻的。而她好像急著趕路……又好像是走走停停。說真的，他們兩位，他臉色蒼白憔悴，她則激動得滿臉緋紅，只顧懵懂往前走。剛不久之前他們倆一起做的事情（即把自己的一顆心交給另一個人），如此強烈、新鮮、動人心魄；他們倆的生活如此突然地被重新定位、完全改變，以至於他們倆都無法反應和清醒過來，只是意識到他們被一股旋風突襲，就好像那一晚幾乎將他們倆吹到對方懷裡的旋風一樣。

薩寧一邊走，一邊感覺到，他現在已經改變了看傑瑪的方式：他忽然發覺她走路的姿勢、走路的步幅中幾個特別的地方——我的上帝！這些特別的地方對他來說簡直太珍貴太可愛了！她也感覺到了他正在這樣看她。薩寧和她——都是初戀；在他們倆身上，初戀的所有奇蹟都正在實現。初戀——就是一場革命：囿於生活的千篇一律又循規蹈矩的層次剎那間被摧毀、破壞，青春韶華站在街壘上，它鮮豔的旗幟在高高飄揚，不管前方是什麼在等待它——死亡或者新生——它向這一切都奉上自己最熱烈的問候！

「什麼？那個人好像是我們那個老頭子？」薩寧說著，指了指一個渾身裹得嚴嚴實實的身影，那個身影剛才急急忙忙溜到一邊去了，似乎極力不想被人發現。在極度的幸福之中他需要跟傑瑪談論的不是愛情——因為愛情這件神聖的事情已經定下來了——而是談其他的事情。

「是啊，那是龐塔列奧內，」傑瑪又高興又幸福地回答道，「他也許是跑出來跟蹤我的行蹤；他昨天一整天都盯著我的一舉一動……他猜個不停！」

「他猜個不停！」薩寧讚歎地跟著說。不管傑瑪說的是什麼，還有他不由衷讚歎的嗎？隨後，他請她詳細講述了前一天到底發生了什麼。

於是她馬上開始講起來，急促、沒什麼條理、帶著微笑、邊說邊短促地歎息，其間還會跟薩寧有短暫而愉快的眼神交流。她告訴他，前天談過話之後，媽媽總想要從她身上達到那些對她有利的目的；她又如何在那一天一夜裡避免跟萊諾拉太太碰面，將自己的決定告訴她；她如何為自己爭取到這個寬限期——要知道這多麼困難；還有克柳別爾先生如何完全出人意料地出現，比以往任何時候都更古板拘禮，衣領漿得沒法更硬的那種；還有對於俄國陌生人孩子氣式不可原諒的狂妄行為給他克柳別爾先生帶來的深刻侮辱（他正是這樣表述的），他如何表達了自己的憤怒。「他指的是你的決鬥——還有他是如何要求我們立刻拒絕你再到我們家裡來。『因為』，他接著說（傑瑪立刻有點諷刺地模仿起他的聲音和動作），『這給我的名譽造成了傷害；好像我不會保護自己的未婚妻似的，即便認為這是必要或有用的！整個法蘭克福明天都會知道，一個毫不相干的人為了我的未婚妻跟一個軍官決鬥，這像什麼話呢？玷汙我的名譽！』媽媽同意了他的意見——你想像一下吧！——但是我當場突然宣布，他不用擔心自己的名譽和臉面，不必為自己未婚妻的流言蜚語而感到受辱——因為我再也不是他的未婚妻了，並且永遠也不會做他的妻子！應該承認，在徹底拒絕他之前，我本想先跟您……跟你談談；但他來了……而我沒法忍受。媽媽甚至害怕得大喊大叫，而我去另一個房間取來了他的訂婚戒指——你沒看到，兩天前我就取下那枚戒指了——退還給他。他氣急了；但因為他極愛面子又妄自尊大，所以他沒多說話就走了。當然，我不得不忍受媽媽很多抱怨，同時我又非常痛苦地看到，媽媽有多麼失望。我還想過，我是有點操之過急；但要知道我可有你的那封信在手——就算沒有信我也知道……」

「知道我愛你。」薩寧接了下句。

「對……知道你愛上我了。」

傑瑪就這樣凌亂地說著，一邊微笑著，每當有人向她走來或從她身邊經過時，她就壓低聲音或乾脆不說話。而薩寧聽得非常開心，他喜歡聽她的聲音，就像前一天她的筆跡也令他喜歡一樣。

「媽媽傷心死了，」傑瑪接著又說，她說得非常快，一句接一句，「她怎麼也想不通的是，克柳別爾先生能讓我討厭，想不通我原來答應嫁他——不是因為愛情，而是她一再懇求的結果……她懷疑……您……你；也就是，說白了，她相信我是愛上你了——更令她痛心的是，第三天的時候她還根本沒想過會有這樣的事情發生，她還委託你來說服我……而這個請託還真是奇怪——不是嗎？現在她該說你……您滑頭了，一個狡猾的人，說您辜負了她的信任，還暗示我，您也會辜負我的……」

「但是，傑瑪，」薩寧喊道，「難道你沒跟她說……」

「我什麼也沒說！我有什麼權利，既然沒跟您說好？」

薩寧兩手拍了一下。

「傑瑪，我希望，至少現在你可以跟她把這一切講得清清楚楚，你帶我去見她……我要向你的媽媽證明，我不是騙子！」

薩寧的胸膛劇烈起伏，因為熊熊燃燒的情感潮水般湧來！

傑瑪瞪圓了眼睛望著他。

「您真的想跟我一起見媽媽？見那位相信……相信我們之間的一切根本是不可能的——而且永無實現可能性的媽媽？」

有一句話傑瑪沒敢說出口……這句話燒得她嘴唇火辣辣的；但薩寧卻說得不能更情願了。

「跟你結婚，傑瑪，做你的丈夫——我不知道還有什麼比這更幸福的事情！」他的愛、他的慷慨激昂、他的決心，無邊無際。

聽到這些話，本想稍微停下歇一會兒的傑瑪，一下走得更快了……她彷彿要從太過偉大和突如其來的幸福之中逃脫似的！

但是，她突然兩腿發軟。離她幾步遠的一個巷子拐角那裡，出現了一個人，頭戴新禮帽、身穿新大衣，走路直挺挺像一支箭，頭髮燙得跟捲毛狗一般，那人就是克柳別爾先生。他也看見了傑瑪，還有薩寧——於是擺出一副打心底不屑一顧的樣子，身子向後一挺，朝他們神氣地走過來。這讓薩寧感到非常厭惡；但看了一眼克柳別爾那張竭盡所能企圖露出輕蔑的驚訝甚至同情的臉，望了一眼那張白裡泛紅、庸俗不堪的臉，他突然感到無比憤怒——大步迎上前去。

傑瑪拉住他的一隻手，沉著冷靜地把自己的手伸給他，直直地盯著自己前未婚夫的臉看了一眼……那位稍微瞇起了眼睛，身體一縮，就溜到一邊去了，牙縫裡擠出一句話：「俗氣，像一首老歌的結尾！（Das alte ende vom liede!）」仍舊邁著漂亮而略帶蹦跳的步伐走開了。

「這個壞蛋說什麼了？」薩寧一邊問，一邊還想衝上前找克柳別爾先生理論；但是，傑瑪攔住了他，和他一起繼續往前走，而挽著他手臂的那隻手她沒有抽回。

洛澤里家的糖果店就在前面。傑瑪又一次停了下來。

「德米特里，德米特里先生！」她說，「我們還沒有進到屋裡，我們還沒有見到媽媽……假如您還需要再考慮一下，假如……您仍是自由身，德米特里。」

薩寧把她的手緊緊地、緊緊地壓到自己的胸前作為給她的回答，便領著她往前走去。

「媽媽，」傑瑪領著薩寧一走進萊諾拉太太坐著的那間屋，就說道，「我領來了一位真的未婚夫！」

29

假如傑瑪說是帶回了霍亂或者死神本身，我猜，萊諾拉太太也不至於比聽到這個消息更絕望吧。她馬上就坐到角落裡，臉向著牆——淚如泉湧，幾乎是扯著嗓子哭喊，活脫脫就像一名趴在丈夫或兒子棺材上的俄羅斯農婦。剛開始傑瑪難為情極了，以至於沒走到母親跟前，而是像雕像一樣在屋子中間停了下來；而薩寧完全不知所措——恨不得自己也大哭一場！這場難以消解的哭泣持續了整整一個小時，整整一個小時！龐塔列奧內認為最好還是把糖果店的外門關上，以免外人進來——幸好，時候尚早。老頭自己也頗為不解——因為任何時候他都不贊成像傑瑪和薩寧這樣操之過急，但話又說回來，他也不想指責他們，而是想保護他們倆——假如需要的話：他太不喜歡克柳別爾先生了！埃米爾認為自己是他的朋友和姊姊之間的介紹人——差點沒因為這一切進展如此順利而感到驕傲！他沒辦法理解的是，萊諾拉太太為何要如此悲痛萬分，並且心裡一下子就得出結論，女人，即使是最優秀的女人，都缺乏主見！薩寧的處境最糟，只要他走近萊諾拉太太，她就哭得更大聲，向他擺手不讓他靠近。他遠遠地站在那裡，嘗試無果後，只好一連幾次大聲喊道：「我向您女兒求婚！」萊諾拉太太對自己特別追悔莫及的事就是，「她怎麼會眼瞎到這種地步——什麼都沒看出來！」「要是我的喬萬尼·巴提斯塔還在世，」她兩眼含著淚說，「這種事情絕不會發生！」「上帝，這是怎麼了？」薩寧想，「這簡直愚蠢透頂！」他自己既不敢看傑瑪一眼，她也沒能抬眼看他。她只顧百般隱忍地照顧母親，儘管母親一開始也一把將她推開……

最後，風暴總算稍稍平息了下來。萊諾拉太太不再哭了，允許傑瑪將她從角落攙扶出來，在窗戶前面的沙發椅坐下，並讓她給自己倒一杯香橙花泡的水喝；允許薩寧——不是靠近……喔，不可能！——至少可以留在房間裡（之前她一直要求他離開她家），而且也沒有在他說話的時候打斷他。薩寧立即利用來之不易的間隙機會，表現出了令人驚奇的口才：在傑瑪的面前恐怕他也很難可以如此炙熱和如此令人信服地闡明自己的想法和表達自己的情感。這些情感最真摯，這些想法最純潔，像《塞維利亞的理髮師》[1]中的阿瑪維瓦一樣。這些想法中不利的一方面他既沒有向萊諾拉太太，也沒有對他本人隱瞞；但是這些不利點都只是表面上的！不錯：他是外國人，跟他們認識時間也不長，他們對他的個性、資產情況都不太瞭解；但他可以提供所有必需的文件證明，他是正派的人，並且也不窮；他將援引自己身邊朋友提供的令人信服的證據！他希望傑瑪和他在一起幸福，他可以排解她跟親人分離的痛苦！……一提到分離——「分離」這個詞——差一點將整個事情都搞砸了……萊諾拉太太一聽到這點就發起抖來，渾身不自在……薩寧趕緊解釋，分離只是暫時的——況且，最終也許根本就不用分離！

薩寧的口才沒有白費。萊諾拉太太開始看他，儘管仍帶著痛苦和責備，但已不像先前那樣防備和憤怒了；隨後她允許他走過去，甚至坐到她身邊（傑瑪坐在另一邊）；隨後她開始責怪他——不單用眼神，還用言語，這說明她的心有點軟下來；她開始抱怨起來，而她的抱怨愈發小聲和溫柔；她輪番發問，一會兒對著傑瑪，一會兒向著薩寧；隨後她同意他握住自己的手，也不用馬上抽回它了……隨後她又哭起來——但流的眼淚已完全不同……隨後她憂鬱地笑了，還惋惜喬萬尼．巴提斯塔不在了，但跟此前不同，而是另一種含義……過了一下子——兩個罪人，薩寧和傑瑪，已並排跪在她的跟前，於是她用手輪流撫摩他們倆的頭；又過了一會兒——他們倆已經擁抱在一起親吻她了，埃米爾臉上洋溢著喜悅，跑進房間，一頭撲向抱成一團的他們。

龐塔列奧內看了一眼屋裡的情景，微微一笑的同時又眉頭微蹙，隨後走進糖果店，打開了外面那扇門。

1 法國戲劇家皮埃爾·博馬舍（一七三二—一七九九）於一七七三年創作的喜劇。

30

從悲觀失望轉向焦慮憂傷，再轉而「默然地聽天由命」，萊諾拉太太轉變得非常迅速；但這種默然的聽天由命很快就變為暗自得意，只是出於禮貌，才竭力掩飾和克制。從認識的第一天起，萊諾拉太太就打從心裡喜歡薩寧；當他將成為自己的女婿的想法令她習慣之後，她再也找不出這裡面有什麼令她特別不滿意的地方，雖然臉上保持與其說是委屈不如說是關切的神情，她覺得是她的責任所在。更何況，近來發生的事情也太不尋常了……一件件接踵而來！作為一個很務實的女人和一位母親，萊諾拉太太也有責任向薩寧提出各式各樣的問題，而薩寧在早上出發跟傑瑪見面的時候，想都沒想過要娶傑瑪（他真的什麼也沒想，只是受自己的感情所驅使），此刻，他則十分樂意地，可以說是滿腔熱忱地進入了未婚夫的角色，對所有的詢問都很樂意詳盡具體地一一作答。在確認他的確是一位真正的世襲貴族，甚至對他還不是公爵表示了一點驚奇之後，萊諾拉太太就擺出一副鄭重其事的樣子，「預先」提醒他，她跟他必須完全不拘禮節、開誠布公，因為這是一位母親的神聖職責所在！對此，薩寧回答說，但願如此，他也懇請她對他不必客套！

於是，萊諾拉太太向他指出，克柳別爾先生（說到這個名字時，她略微歎了口氣，咬著嘴唇，頓了一下）——傑瑪的前未婚夫克柳別爾先生，現在擁有的收入是八千盾，而且這個數目每年還會增長得很快，而他，薩寧先生的收入怎樣呢？

「八——千——盾，」薩寧拖長音重複了一遍。「折合我們的錢，大約一萬五千盧布左右……我的收入比這少很多。我在圖拉省有個不大的莊園……如果經營得好，莊園可以有——甚至肯定有五六千盧布……而如果我任個公職的話，拿兩千俸祿是很輕鬆的。」

「在俄國任公職？」萊諾拉太太喊出了聲，「我不就得跟傑瑪分開了！」

「可以調派到外交部門工作，」薩寧接著說，「我有些關係……那樣的話可以在國外上班。要不，還可以這樣做——這比所有的方案都好：賣掉莊園，將所得資金投資於某個賺錢的企業，譬如，用於擴大完善您的糖果店。」

薩寧也感覺到自己說得有點不合情理，但是一種莫名的勇氣占據了他！他看著傑瑪，她從談話轉入「現實」開始，就時不時起身，在房間裡踱來踱去，然後又坐下。他看了傑瑪一眼，就覺得對他來說不會有任何障礙，他可以將一切都安排妥當，用最好的方式，只為了她不再擔憂！

「克柳別爾先生也曾想給我一筆小錢整一整糖果店。」稍猶豫了一會兒，萊諾拉太太還是小聲說出了口。

「媽媽！看在上帝分上！媽媽！」傑瑪用義大利語喊了起來。

「這種事必須預先說好，我的女兒。」萊諾拉太太也用義大利語回答她。

她又轉向薩寧，開始仔細詢問他俄羅斯關於婚姻有些什麼法律，涉及跟天主教徒的婚姻會不會有什麼障礙，像普魯士一樣？（那個時候，四〇年代，整個德國對普魯士政府與科隆大主教關於混合制婚姻的爭執還記憶猶新。）當萊諾拉太太聽說，只要她的女兒嫁給了一位俄羅斯貴族之後，她女兒也將自動成為貴族，她表示比較滿意。

「但是，您首先必須回一趟俄國對嗎？」

「為什麼？」

「怎麼？不需要得到你們國王的批准嗎？」

薩寧於是跟她解釋這完全不必……但，也許，婚禮之前他的確需要短暫回一趟俄羅斯（他說到這些話的時候——他的心痛苦地縮成一團，望著他的傑瑪也看出了這一點，滿臉通紅，陷入了沉思），而他正好可以利用在俄羅斯停留的機會，將莊園賣掉，帶回來所需要的資金。

「我還想請您從那裡帶回來一張上好的小羔羊皮做短斗篷，」萊諾拉太太說，「聽說，那裡的小羔羊皮又好又便宜！」

「一定非常樂意給您和傑瑪帶來！」薩寧大聲說。

「我要一頂銀線縫製的山羊皮帽子。」埃米爾從隔壁房間探出頭，也插了一句。

「好的，給你也帶……還有給龐塔列奧內帶一雙鞋。」

「看吧，這是幹什麼？幹什麼呀？」萊諾拉太太說。「我們談論正經事呢。但，還有什麼要說呢？」務實的女士說，「您說要賣掉農莊。但是您要怎麼做呢？您，也許，要將莊園的農民也一起賣掉吧？」

薩寧感覺到腰上好像被人猛扎了一下。他還記得，在跟洛澤里太太和她的女兒談到農奴制的時候，按他的話說，這個制度激起過他極大的憤怒，他不止一次地強調，不管是為了什麼，他永遠都不會出賣自己的農奴，因為他認為這樣的買賣是不道德的。

「我會設法將我的莊園賣給一位我很瞭解的人，」他說得吞吞吐吐，「或者，農民可能希望贖身。」

「這樣最好不過，」萊諾拉太太說，「不然的話，買賣活人就……」

「Barbari!」[1]龐塔列奧內跟著埃米爾也出現在門口，晃了晃他那一撮長髮，嚷了一句就閃開了。「真可惡！」薩寧暗自想，悄悄望了一眼傑瑪。她看來是沒聽見他最後罵的髒話。「無所謂啦！」他轉而又想。

1 義大利語：蠻夷、野蠻人。（原注）

務實的談話以這種方式幾乎一直持續到了午餐時間。萊諾拉太太在談話結束時心情已完全平復——開始改稱薩寧為德米特里，用一根手指頭溫和地威脅他，說要對他的陰謀詭計加以報復。她還詳細詢問了許多關於他們家族的情況，因為「這同樣重要」；她還要求他能為她描述婚禮儀式，依照俄羅斯教堂的禮俗怎樣舉行婚禮，一想到傑瑪身穿白色婚紗、頭戴金色花冠的樣子，她忍不住提前讚歎起來。

「她可是我的美人、王后，」她帶著母親的自豪說道，「而且這樣的王后舉世無雙！」

「天底下再沒有第二個傑瑪！」薩寧跟著讚歎道。

「是啊；正因為如此她才叫——傑瑪！」（眾所周知，義大利語中，「傑瑪」就是寶石之意。）

傑瑪撲過去親吻自己的母親……看起來，到現在她才鬆了一口氣——那塊壓得她喘不過氣來的石頭落了地。

而一想到就在這個房間裡，薩寧不久前還曾沉湎其中的那些幻想，眼看就要實現了、實現了，他忽然感覺自己如此幸福，心裡充滿孩童般的快樂；他抑制不住最想做的一件事情就是馬上走進糖果店；他不斷想的就是無論如何都要站在櫃檯後面做一下買賣，就像幾天前那樣……照他的話說，「我現在完全有權這樣做了！因為我已經是家裡人了！」

他還真的走到櫃檯後面，真的做成了一樁買賣，他賣給了無意中走進來的兩個小女孩一磅糖果，但他收了人家一磅的錢卻給了整整兩磅的糖果。

午餐的時候，他正式地以未婚夫的身分靠著傑瑪坐。萊諾拉太太還在想著那些務實的事情。埃米爾不時笑一笑，纏著要薩寧帶他一起回俄國。已經決定了，薩寧兩週後就動身。只有龐塔列奧內一個人悶悶不樂的樣子，為此，甚至萊諾拉太太也埋怨他：「他居然還當過副手呢！」龐塔列奧內皺著眉頭看了她一眼。

傑瑪幾乎一直都沒說話，但是她的臉龐從未如此美麗和容光煥發。午飯後她把薩寧叫到小花園裡去了一會兒，在前天她挑揀櫻桃的那條長椅前停下來，對他說：

「德米特里，別生我的氣；但我再提醒你一次，你不要因此認為自己是被約束住的人……」

他沒讓她把話說完……

傑瑪側過臉。

「媽媽提到的那件事——你還記得嗎？就是關於我們信仰不同的問題，就是這個！……」

她一把抓住用一根細帶繩掛在她脖頸上的小石榴石十字架，用力一扯，扔掉細繩，將小十字架交給了他。

「既然我是你的，那麼你的信仰——也是我的信仰！」

薩寧隨傑瑪返回屋裡的時候，他的雙眼還溼溼的。

華燈初上，一切回歸常軌。他們甚至還玩了一會兒特列瑟特紙牌遊戲。

31

翌日，薩寧醒得很早。他還沉浸在人生的最高幸福裡；但妨礙他睡眠的不是幸福問題；最現實、迫切的問題：怎樣最快地將莊園賣掉和賣得合算，這才是讓他不得安寧的問題。各式各樣的想法計畫在他腦子裡亂作一團，但他什麼也沒能理清楚。他走出旅館，吹吹風，讓自己清醒一下。他要帶著成熟的方案——而非別的——提交給傑瑪。

這是誰呀，一個身材足夠笨重，兩腿粗壯，而穿戴體面，走路東搖西晃、一瘸一拐的人走在他的前面？他在哪裡見過這個長滿淺色頭髮的後腦勺、這顆簡直像直接擱在肩膀上的腦袋、這個軟軟肥肥的後背、還有下垂著的胖嘟嘟的這一雙手呢？難道是波洛卓夫，那個五年不見蹤影的寄宿中學老同學？薩寧趕到那個人的前面，轉過身來一看……一張發黃的寬臉、一雙小小的豬眼上長著發白的睫毛和眉毛、一個短小又扁平的鼻子、兩片粘在一起的厚唇、一個圓鼓鼓的沒長鬍鬚的下巴，整張臉上露出一種酸腐、懶散和不太信任人的表情——沒錯：這正是他，正是伊波利特．波洛卓夫！

「莫非是我要再次福星高照？」薩寧腦子裡一閃念。

「波洛卓夫！伊波利特．西多雷奇！是你嗎？」

那個人站住了，抬起一雙瞇瞇眼，怔住了一會兒——最後終於張開嘴，用一副嘶啞的假聲說道：

「德米特里．薩寧？」

「正是在下！」薩寧喊了一聲，握住了波洛卓夫的一隻手；他那雙手戴著一雙繃得緊緊的煙色軟皮手套，跟從前一樣垂落在鼓脹的大腿兩側。「你到這裡很久了嗎？從哪裡來？住在哪裡？」

「昨天我從威斯巴登剛到，」波洛卓夫不疾不徐地回答，「給太太買點東西後，今天就返回威斯巴登。」

「呵，對啊！你可是結過婚了——聽說娶了一位大美女！」

波洛卓夫的眼神轉向一邊。

「嗯，大家都這麼說。」

薩寧笑了。

「我發現，你還是那樣……慢郎中，還跟中學時一樣。」

「我幹嘛要變呢？」

「我還聽說，」薩寧把「聽說」一詞說得特別重，「你妻子很有錢。」

「大家也都這麼說。」

「難道你自己，伊波利特．西多雷奇，連這也不知道？」

「我，老弟，德米特里……巴甫洛維奇？嗯，巴甫洛維奇！妻子的事情我概不過問。」

「概不過問？所有的事情嗎？」

波洛卓夫又把眼神挪開了。

「所有的事情，老弟。她是她……而我是我。」

「你現在要去哪裡？」薩寧問。

「現在我哪裡也不去；我現在不是站在街上跟你聊天嗎？而等我跟你聊完，我就回旅館吃早餐。」

「我去陪你——好嗎？」

「你說的也就是早餐，對嗎？」

「對。」

「歡迎，兩人一起吃開心多了。你不是話匣子吧？」

「向來不是。」

「那就好。」

波洛卓夫接著往前走，薩寧與他並排而行。薩寧還在想——波洛卓夫又一言不發，他喘著大氣，默默地一搖一擺地走著，薩寧在想：這個蠢木頭用什麼辦法把一個又漂亮又有錢的老婆弄到手的呢？波洛卓夫自己要錢沒錢、要名沒名、要聰明沒聰明；中學裡他被公認是一個無精打采、遲遲鈍鈍、能吃能睡的孩子——因此還被取了一個綽號「流口水大王」。真是怪事啊！

「但是假如他妻子很有錢（聽說是某個承包商的女兒），那她不就能買下我的莊園了嗎？他雖然說了不過問妻子的任何事情，但這話不能信！再加上我要的價錢是滿不錯的、有錢賺的！為何不試一下呢？也許，我頭上又福星高照了……就這麼定了！我得試一下！」

波洛卓夫領著薩寧到了一家法蘭克福最好的旅店，當然，他開的房間也是最好的。桌子上、椅子上堆滿了紙盒、小匣小箱、大包小包……「老弟，這都是給瑪麗亞・尼古拉耶芙娜（伊波利特・西多雷奇的妻子）買的！」波洛卓夫一屁股坐進沙發椅，哼哼道：「天氣真熱！」說著就解下了領帶。隨後他按鈴叫來了門房，仔細地點好了一頓豐盛的早餐。「一點鐘把馬車備好！您記著，一點整！」

門房討好地鞠了一個躬，就唯唯諾諾地消失了。

波洛卓夫解開了背心扣。單憑他抬起眉頭皺著鼻子氣喘吁吁這一點，就看得出，對他而言，說話非常吃力，他不無擔心地猜想著，薩寧會不會強迫他轉動舌頭說話，或者他自己能否承擔起說話這項工作？

薩寧明白自己好友的心情，所以並沒有問一堆問題給他增加負擔，問的只限於最重要的問題；他瞭解到，他當了兩年公差（槍騎兵！喔喔，他穿上短短的槍騎兵制服一定非常帥！），三年前結的婚，跟妻子住在國外兩年了，「她在威斯巴登看一種什麼病」，再從那裡去巴黎。另一方面，薩寧也沒多提及自己過往的生活和未來的計畫；他直入主題，也就是提到想要賣掉莊園的想法。

波洛卓夫一聲不吭地聽他說，只是偶爾瞄一眼門那邊，因為早餐要從那裡送過來。最後早餐送到了。門房還有兩位服務生一起帶來了幾樣菜品，上面都蓋著橢圓形銀蓋。

「你說的是圖拉省的莊園嗎？」波洛卓夫坐到桌後，在襯衫領口紮好餐巾，問了一句。

「是在圖拉省。」

「葉弗列莫夫縣……我知道的。」

「我的阿列克謝耶夫卡莊園，你知道？」薩寧坐到桌後問他。

「當然知道。」波洛卓夫往嘴裡塞了一塊蘑菇炒蛋。「瑪麗亞·尼古拉耶芙娜、我的妻子，在那隔壁也有一個莊園……服務生，把這瓶酒打開！土質非常好——就是你莊園的農民把樹都砍了。你幹嘛要賣呢？」

「需要錢用，老弟。我可以便宜些賣。你要是願意買的話……就正好。」

波洛卓夫乾了一杯葡萄酒，用餐巾紙擦了擦嘴，又大嚼起來——慢慢地，聲音很大。

「嗯好吧，」他終於說道，「我買不了莊園：沒錢。把黃油推過來一點。除非是妻子買。你和她談談。假如你要價不高——她不會嫌棄的……這幫德國人真是蠢驢！連魚也不會燉。還有比這更簡單的事嗎？還在那裡高談闊論：祖國，必須統一。門房，把這個討厭的東西拿走！」

「真的是你的妻子自己打理……經濟事務？」薩寧問。

「她自己打理。這肉餅好吃，向你推薦。我告訴過你了，德米特里．巴甫洛維奇，妻子的任何事情我都不過問，現在我再向你重複一遍。」

波洛卓夫還在咂嘴弄舌。

「嗯……但是我怎麼才能跟她談呢，伊波利特．西多雷奇？」

「這太簡單不過了，德米特里．巴甫洛維奇。直接去威斯巴登不就好了？從這裡去又不太遠。門房，您這兒有英國芥末嗎？沒有？真是畜生！最好不要耽誤時間。我們後天就離開了。請讓我給你斟滿：一杯好葡萄酒——一點都不酸。」

波洛卓夫的臉活潑起來，滿面紅光；他的臉色放光，總是要嘛是在他吃飯的時候……要嘛是在他喝酒的時候。

「真是……我不知道該怎麼辦？」薩寧嘀咕了一句。

「到底什麼事讓你突然這麼急？」

「絕對很急，老弟。」

「需要很大一筆錢？」

「很大。我……怎麼跟你說呢？我正要……結婚。」

波洛卓夫端到嘴邊的酒杯又放回到桌上。

「結婚！」他用嘶啞的——因為吃驚而嘶啞的聲音問道，一邊將自己的一雙肥手擱到肚子上，「如此十萬火急？」

「是……很急。」

「未婚妻，自然是在俄羅斯了？」

「不是，不在俄羅斯。」

「那在哪裡？」

「這裡，法蘭克福。」

「那她是誰？」

「德國女孩；準確地說不是——是個義大利女孩。本地人。」

「有財產嗎？」

「沒有。」

「這麼說，一定是非常相愛了？」

「你真幽默！是的，非常。」

「所以你才這麼需要用錢？」

「嗯，是，是啊……是啊，是的。」

波洛卓夫呷了一口紅酒，給自己漱了漱口，洗了手，用餐巾紙仔細地擦乾淨，取了一支雪茄菸點著抽起來。薩寧默默看著他。

「唯一的辦法，」波洛卓夫終於開口，頭往後一仰，吐出一小縷青煙，「去找我妻子。她只要願意，兩手一抬就能消除你全部的痛苦。」

「但我要怎樣才能見到她，你的妻子？你說你們後天就離開了？」

波洛卓夫閉上了眼。

「你聽我跟你說啊，」他終於開口說道，嘴裡轉動著雪茄，吁了口氣。「趕緊先回家，俐落地收拾好行李再回到這裡。一點鐘我就出發了，我這裡馬車很寬敞——我帶上你一起走。這樣是最好的。那現在我要睡一會兒。我，老弟，只要吃過東西，就非得睡一會兒不可。身體需要，而我也不反對。所以你也不要打擾我睡覺。」

薩寧想了又想——突然抬起了頭：他想好了！

「那好吧，我同意——感謝你。十二點半我到這裡，然後跟你一起去威斯巴登。我希望，你妻子不會生氣……」

但是波洛卓夫已經鼾聲陣陣，還在嘟噥：「不要打擾我！」蹬了蹬腿就像個孩子一樣地睡著了。

薩寧的目光再次掃過他笨拙的身體、他的腦袋、脖子、他高高隆起的圓鼓鼓跟個蘋果似的下巴——就邁出旅店，快步向洛澤里家的糖果店走去。還是應當預先告訴傑瑪一聲。

32

他在糖果店遇上了傑瑪和她母親。萊諾拉太太正貓著腰用折尺量兩扇窗戶之間的距離。看見薩寧，她雖然稍有點慌亂，還是直起身來高興地迎接他。

「聽了您昨天的話，」她說道，「我腦子裡的想法就一直在打轉，想著如何才能讓我們的商店經營得更好。您看，我想在這裡擺上兩個有玻璃推拉門的小櫃檯。您知道嗎？這個現在很時髦。然後呢，還有……」

「好極了，好極了，」薩寧打斷她，「將來這都應該考慮……但是請到這裡來，我和你們說點事。」

他拉起萊諾拉太太和傑瑪的手走到另一間屋裡。萊諾拉太太擔心起來，折尺都從手上掉到地上去了。傑瑪也一樣擔憂，但仔細盯著薩寧一看，又放心了。誠然，他的臉上不無擔心，但同時露出的神情又是那樣堅毅和充滿激情。

他請兩位女士坐下，他自己站在她們面前——手一揮，把頭髮都弄亂了，這才把情況跟她們一一道來：如何跟波洛卓夫碰面，對方如何邀請他一起赴威斯巴登，如何有可能將莊園賣掉。

「想想我有多幸運，」他終於喊出來，「事情出現這樣的轉機，也許我根本就不用回一趟俄羅斯了！而且婚禮可以比我預料的更快舉行！」

「你們何時動身？」傑瑪問。

「今天就走——再過一小時；我的好友租好了馬車——他載我一道。」

「您會給我們寫信嗎？」

「一定！跟這位女士一談好，我立即寫信來。」

「您說的這位女士，非常有錢？」務實的萊諾拉太太問道。

「不是普通的有錢！她父親曾是百萬富翁——遺產全部留給了她。」

「全部——給她一個人？哦，這真是您的幸運。只是當心別把您的莊園賤賣了！請保持理智和堅定。別受人指使蠱惑！我理解您想盡快成為傑瑪丈夫的心情……但小心駛得萬年船！別忘記：莊園賣得越貴，你們倆還有你們的孩子得到的就越多。」

傑瑪轉到了旁邊，薩寧又揮了一下手。

「關於我的小心謹慎，您可以放心，萊諾拉太太！我不會跟她討價還價。我給她一個實價：她成交，那好；不成交，拉倒！」

「您跟她認識嗎……跟這位女士？」傑瑪問。

「我跟她從未謀面。」

「那您何時返回？」

「如果交易不成，後天；如果交易進展順利，也許就要多待一兩天。無論如何，我不會耽擱一分鐘。因為我的心都在這裡！但我只顧跟你們說話了，我出發前還得跑回旅店一趟……把手伸過來祝福我吧，萊諾拉太太——在我們俄羅斯都這樣做。」

「右手還是左手？」

「左手——離心更近。後天回來——要嘛載譽歸來，要嘛鎩羽而歸！但有個什麼聲音正對我說：我將得勝而回！再見，我的好人，我的愛人……」

他擁抱並吻別了萊諾拉太太，而讓傑瑪跟他走進另一個房間——單獨待一會兒，因為他要跟她說點重要的事。他其實就是想單獨跟她告別。萊諾拉太太明白這個——所以也沒追根究柢打聽到底是什麼重要的事……

薩寧從沒踏進過傑瑪的閨房。愛的所有魅力、全部火焰，還有歡愉與甜蜜的慌亂——在一跨進他朝思暮想的門檻的一剎那，全都在他心底被點燃和熊熊燃燒起來……他滿懷深情地環顧四周，一下子拜倒在心儀女孩的腳下，他的臉緊貼到她身上……

「你是我的，對嗎？」她喃喃地說，「你很快就回來嗎？」

「我是你的……我一定回來。」他深吸一口氣反覆地說。

「我會等你，我親愛的！」

過了一會兒，薩寧已在街上飛奔向自己的旅店。他甚至沒發現，從糖果店門裡跟在他後面一路跑出來的還有一頭亂髮的龐塔列奧內——他向他喊著什麼，搖搖晃晃，似乎是用那隻高高舉起的手在警告他什麼。

十二點四十五分整，薩寧準時向波洛卓夫報到。一輛四乘馬車已停在他旅店門口。看到薩寧，波洛卓夫只說了一句：「啊！你可想好了？」就戴上帽子、穿上大衣、套好了雨鞋，往自己的耳朵塞上棉花，走上臺階，儘管時值夏季。按照他的吩咐，旅店服務生已經將他那些數量繁多的購物袋搬進了車廂，在他的座位及周圍放好了絲綢靠枕、大包小包、布包袱，腳邊那裡擱好一筐子食品，一個行李箱在馬車夫那邊綁好。波洛卓夫付小費的時候出手大方——他被樂於效勞的看門人從後面客客氣氣地攙扶著，氣喘吁吁地爬進車廂坐下來，再把周圍塞得舒舒服服之後，抽出一支雪茄點著抽了起來——直到這時候才用手指頭示意薩寧：你也坐進來吧！薩寧跟他並排坐好。波洛卓夫讓酒店門童告訴前面趕馬車的，要想有喝酒的賞錢，就得好好趕車；腳踏板咯吱響起來，車門砰的一聲關上，馬車出發了。

33

從法蘭克福到威斯巴登，現在坐火車不到一小時車程；但那個時候，特快郵車也得花三個小時才行。馬匹一路還要更換五次。波洛卓夫嘴裡銜著雪茄，不知道是在打盹，還是只是隨車搖晃。他很少說話；一次都沒有往車外眺望：看風景不是他感興趣的。他甚至宣稱，他最討厭大自然。薩寧也不說話，也無心賞景：他顧不上。他全身心都沉浸在思考和回憶之中。每個驛站，波洛卓夫都把帳付得清清楚楚，他對著錶看時間，根據馬車夫的表現多多少少都有小費給。半路上他從食品籃拿出兩個柳丁，好的自己留下，另一個遞給薩寧。薩寧盯著看了一眼同伴，突然哈哈大笑起來。

「你笑什麼？」他一邊努力地用白指甲摳著柳丁皮，一邊問他。

「笑什麼？」薩寧跟著說，「笑我和你的這趟旅行。」

「到底是什麼呢？」波洛卓夫又問，一邊將掰下來的一瓣柳丁塞進嘴裡。

「太奇怪了。昨天，必須承認，我根本很少想起你來，就好像想中國皇帝那麼少，而今天呢，我卻跟你一起坐車要把我家莊園賣給你妻子，而對於你妻子的瞭解卻少之又少。」

「少見多怪，」波洛卓夫回答，「你再多過幾年，就什麼都見得多了。比方說，你能想像我被推薦做勤務兵嗎？而我真申請了；並且米哈伊爾・巴甫洛維奇大公爵命令我：『你這個胖子騎兵中尉跑快點，跑快點！再跑快點！』」

薩寧撓了撓耳根。

「請告訴我，伊波利特・西多雷奇，你的妻子是怎樣的人？她脾氣如何？要知道我得知道這些。」

「他下命令倒很行：『跑快點！』」波洛卓夫忽然忿忿不平地說，「而我呢……我可慘了。我就想了：您自己收起您那些軍銜和肩章——讓那些東西見鬼去吧！嗯……你問妻子，對嗎？什麼——妻子嘛？跟大家一樣的人。她可不好惹——她不喜歡別人惹她。主要的是，多講點……能讓她發笑的事情。講講自己的戀愛什麼的……就是比較有趣的，你知道的。」

「怎麼比較有趣？」

「就這樣吧。你都告訴我，你談戀愛了，準備結婚，那你就講講這個不就行了？」

薩寧氣得受不了啦。

「這其中有什麼可笑的嗎？」

波洛卓夫只是眼神瞥了一下。柳丁汁流到他下巴上了。

「是你妻子派你到法蘭克福購物的吧？」過了一會兒，薩寧問他。

「正是她。」

「都買了些什麼呢？」

「當然是些小東西。」

「小東西？你們有孩子嗎？」

波洛卓夫甚至從薩寧旁邊挪開了一點。

「嗨！我要哪門子的孩子呀？都是些女人家的小擺設[1]……打扮用的。還有洗漱用品。」

「難道你精通此道？」

「精通。」

「那你怎麼跟我說，妻子的事情你都不管？」

「其他的事情不管。而這個……無所謂。可以解解悶。再說妻子信任我的鑒賞力。我還特別會砍價。」

波洛卓夫說話已經有點不流暢了；他累了。

「你的妻子很有錢了？」

「有錢歸有錢。不過多是她自己的。」

「但是，看來，你也沒什麼好抱怨的啦？」

「再怎麼說，我也是丈夫。我還不能也花點錢嗎！而且我對她是有用的人！她跟了我，走運！我沒什麼不合適她的！」

波洛卓夫用軟綢手帕擦了擦臉，重重地吁了口氣，好像是說：「饒了我吧；不要讓我再講話了。你都看到了，我說話太費力氣啦。」

薩寧沒再打擾他——重新陷入了沉思。

威斯巴登那一家賓館簡直像宮殿一樣豪華，馬車就停在賓館門口。四處立刻鈴聲大作，一片忙忙碌碌的景象；身著黑色禮服、相貌堂堂的服務生都擠到賓館主入口迎候；制服上繡著金色飾物的看門人大手一揮打開了馬車車門。

波洛卓夫像一個凱旋者般走出車廂，沿著鋪著地毯、撲了香水的樓梯緩緩上樓。有一位同樣打扮得有模有樣的人朝他飛奔過來，這人長著一張俄羅斯人的臉，是他的貼身僕人。波洛卓夫跟他說，從今往後不管到哪裡都讓他跟在身邊，因為，頭一天晚上，在法蘭克福旅館裡整整一晚都沒有人給他端一杯溫開水！貼身僕人現出一臉恐怖的神情，

---

1 法語「colifichet」一詞，小飾物、小擺設之意。（原注）

立馬彎下腰，幫老爺脫下了雨套鞋。

「瑪麗亞．尼古拉耶芙娜在家嗎？」波洛卓夫問。

「在家，老爺。在換衣服。要去拉松斯卡婭伯爵夫人家吃午飯。」

「啊！去這位夫人家！……等等！東西還在車廂那裡，你親自去拿，都拿過來。而你呢，德米特里．巴甫洛維奇，」波洛卓夫接著說，「給自己開間房，過四十五分鐘之後到這裡來。我們一起用午膳。」

波洛卓夫繼續慢慢往前走，而薩寧給自己訂了一間普通房，梳洗好了再稍事休息後，就前往馮．波洛卓夫公爵殿下（Durchlaucht）下榻的那間豪華套房去了。

他去的時候正好趕上這位「公爵」端坐在最最豪華的客廳中間一把奢華無比的天鵝絨沙發椅上面。薩寧生性冷淡的好友這時已沖好了澡，穿上了非常昂貴的緞面居家長衫；頭上戴了一頂紫紅色菲斯圓形小帽。薩寧走到他面前，端詳了一會兒。波洛卓夫木偶一般坐著一動不動；甚至都沒朝他這邊轉過來，眉毛也沒抬一下，一聲都不吭。這景致的確莊嚴！薩寧欣賞了一兩分鐘，正想開口，打破這神聖的沉寂——突然隔壁房間的房門打開了，門口出現了一位年輕貌美的太太，身穿鑲著黑色條帶的白色絲綢連衣長裙，手腕和脖頸上都戴著鑽石——這就是瑪麗亞．尼古拉耶芙娜．波洛卓娃。她那濃密的淡褐色頭髮垂在頭的兩邊——雖然頭髮編成了一束束，但並沒有盤起來。

34

「哎呀，對不起！」她帶著半難為情半嘲弄的微笑說，迅速地用手握住一小綹髮稍，一雙淺色發亮的大眼睛凝視著薩寧。「沒想到您已經到了。」

「薩寧，德米特里．巴甫洛維奇，我從小一起長大的死黨。」波洛卓夫說的時候，跟先前一樣沒有轉向他，也沒有起身，但是用手指頭向他示意了一下。

「是的……知道了……你剛已經跟我講過了。認識您很高興。但我想請你幫個忙，伊波利特．西多雷奇……我的侍女今天不知怎的有點頭昏……」

「幫你梳頭嗎？」

「對，對，麻煩。請見諒。」瑪麗亞．尼古拉耶芙娜帶著剛才那樣的微笑一再說，一邊向薩寧點頭致歉，迅速轉過身去，消失在門後，她那迷人的脖頸、優雅的雙肩、豔的身材給人留下了雖轉瞬即逝卻勻稱姣好的印象。

波洛卓夫站起身，步履沉沉一搖一晃地，走進了同一扇門。

薩寧一刻都沒有懷疑過，作為女主人，她對他就在波洛卓夫公爵客廳裡這件事非常清楚；這齣戲的意義就在於展示一下她的頭髮有多漂亮。薩寧私底下甚至對波洛卓夫夫人的異常舉止感到高興，他想的是：既然想讓我大吃一驚，在我面前賣弄——很可能，誰知道呢？在莊園的售價上就會給些靈活讓步。他的心被傑瑪填得滿滿的，所有其他女人對他而言都沒有任何意義：他無視她們；而這一次他也僅僅是在心裡想：「是啊，他們沒騙我：這位小姐的確非常美！」

假如他並非處於此種非常規的心理狀態的話，他很可能有另一番表述：娘家姓科雷什金娜的瑪麗亞·尼古拉耶芙娜·波洛卓娃，的確是一位非常出色的女人。當然，她也不是絕色佳人：在她身上甚至還留有平民出身的許多印跡。她的顴骨低，鼻子稍顯肥且上翹；無論皮膚的細膩還是手腳的纖巧她都無法自誇——但這又能說明什麼呢？無論誰遇見她都會駐足，並非面對普希金所言的「美之瑰寶」駐足不前，而是面對強大的、說不上是俄羅斯人還是茨岡人的像鮮花一樣盛開的女人軀體的魅力之時……誰都會有意地駐足不前！

但是傑瑪的形象，如同詩人詠唱的那樣，彷彿三層鎧甲護佑著薩寧。

大約十分鐘後，瑪麗亞·尼古拉耶芙娜在自己丈夫的陪同下再次亮相。她向薩寧走過來……而她的步態如此迷人，要在過去，唉，遙遠的過去——有些怪人一見到就會為之瘋狂。「這樣的女人走到你面前，就一定能為你帶來你一生中所有的幸福」，有一位怪人就曾經這樣說。她向薩寧走過去，一隻手伸向他，一邊用俄語以她親暱又似乎矜持的聲音說道：「您會等我回來，對嗎？我很快就回來。」

薩寧恭恭敬敬地躬身行禮，而瑪麗亞．尼古拉耶芙娜已消失在厚門簾後面了——消失之前，她又轉過頭來，又微微一笑，又在身後留下和先前一樣的令人難以忘懷的印象。她微笑時，兩邊臉頰上顯出的不是一個、也不是兩個，而是整整三個小酒窩，還有她的眼睛比她的嘴唇笑得更多一些，她的嘴唇鮮紅、細長、甜美，左邊長有兩顆小痣。

波洛卓夫竄進了房間，又在沙發椅中坐了下來。跟先前一樣一聲不吭；但是一陣奇怪的譏笑卻時不時地使他那毫無血色和已經起了皺紋的腮幫子鼓了起來。

儘管只比薩寧大三歲，他卻已盡顯老態。

他款待自己客人的午餐，當然，就算最挑剔的客人也會滿足，但薩寧卻感到沒完沒了、難以忍受！波洛卓夫慢慢吃著，帶著感情、很內行、鬆弛有度，對待每一道菜都很認真，幾乎每一塊肉都要去嗅一下；先是用紅葡萄酒漱了漱嘴，隨後就狼吞虎嚥起來，嘴巴吧嗒吧嗒地響。而上烤肉的時候他突然打開了話匣子——但談的是什麼呢？談的是計畫購買整整一群美利諾綿羊，說得那麼詳細、那麼溫柔，用的詞都是小稱、暱稱。喝完一杯燙得跟開水一樣的熱咖啡（他幾次帶著哭腔忿忿地提醒門房說，前一晚給他端來的咖啡是涼的，涼得跟冰一樣！）之後，用那發黃又不整齊的牙咬著一根哈瓦那雪茄，他就按照自己的習慣打起盹來。這讓薩寧萬分高興，他開始用很輕的腳步在鋪著地毯的房間踱過來踱過去，幻想著怎樣跟傑瑪一起生活，還有他會給她帶回怎樣的消息。但這時波洛卓夫醒了，照他自己的說法，比平時早一些，他總共也就睡了一個半小時，又喝了一杯加冰的澤里捷爾牌純淨水，吃了七八勺俄羅斯果醬，是僕人用深綠色的道地「基輔」罐頭盒盛著專門給他帶來的，照他的說法，沒有這種果醬他就活不下去——他用腫脹的雙眼盯著薩寧問他，想不想跟他玩一會兒「傻瓜」撲克遊戲。薩寧欣然同意；他怕波洛卓夫談起那些小羔羊、小母羊、肥肥的小羊尾巴就又說個沒完沒了。主客倆移步客廳，門房送來紙牌——遊戲開始了，當然，不賭錢的那種。

從拉松斯卡婭伯爵夫人家回來的瑪麗亞·尼古拉耶芙娜正好遇上他們倆在玩這種健康遊戲。

她一走進客廳，看到撲克牌和擺好的呢面折疊式牌桌，就大聲笑起來。薩寧從座位上跳了起來，但是她高聲說道：「坐著玩吧。我換好衣服馬上就來找你們。」說完就不見了，只留下長裙拖地的窸窣聲，還有邊走邊摘下手套的聲音。

她真的很快就回來了。取代她一身盛裝晚禮服的是一件寬大的雪青色絲質襯衫，敞開的袖子垂著，一條麻花狀的粗帶子束在腰間。她坐到丈夫面前，直等到他輸牌當了「傻瓜」時，就對他說：「好啦，胖小子，玩夠了！」（聽到「胖小子」一詞，薩寧詫異地看了她一眼，而她高興地笑了，回了他一個眼神，臉頰上露出了所有的酒窩）——

「玩夠了；我看你想睡了；吻一下我的手就去吧；而我和薩寧先生要單獨談談。」

「我不想睡，」波洛卓夫小聲說，一邊從沙發椅吃力地站起身，「吻完手，我馬上就走。」她把自己的手掌遞過去，不住地微笑並看著薩寧。

波洛卓夫也看了他一眼，沒跟他道晚安就走了。

「好了，請談談吧，談談吧，」瑪麗亞·尼古拉耶芙娜興致很高地說道，一邊將兩隻裸露的手肘同時往桌上一擱，用一隻手的指甲著急地敲擊另一隻手的指甲。「是真的嗎，聽說，您要結婚了？」

說完，瑪麗亞·尼古拉耶芙娜甚至把頭往旁邊一歪，只為能更專心、更敏銳地凝視薩寧的眼睛。

35

假如薩寧並沒有在波洛卓夫太太這種毫不拘泥與狎昵的舉止中看到他這樁買賣有何好徵兆的話，至少起初他會因為受到她此種待遇而感到難為情——儘管他並非初出茅廬，早已在江湖上行走。「姑且就別計較這位有錢太太的任性胡為吧。」他暗自打定主意，於是也像她追問他那樣毫不拘泥地回答道：「嗯，我要結婚了。」

「跟誰？外國女孩嗎？」

「是的。」

「你們認識沒太久吧？在法蘭克福嗎？」

「正是。」

「那她是什麼樣的人？可以打聽一下嗎？」

「可以。她是糖果商的女兒。」

瑪麗亞．尼古拉耶芙娜瞪大了眼睛，眉毛都豎了起來。

「這可太妙了，」她慢條斯理地說，「太神奇了！我還以為，這世界上像您這樣的年輕人再也遇不到了。糖果商的女兒！」

「這事，依我看，讓您吃驚了，」薩寧不無自尊地說，「但，首先，我完全沒有那些偏見……」

「首先，這一點都沒讓我吃驚，」瑪麗亞・尼古拉耶芙娜打斷他的話說，「偏見我也沒有。我自己就是農民的女兒。啊？這是說什麼呢？我吃驚和高興的是，眼前有人不害怕去愛。要知道您愛她對嗎？」

「是。」

「她長得很美吧？」

薩寧被最後這一個問題有點問急了……可已別無退路。

「您知道，瑪麗亞・尼古拉耶芙娜，」他說道，「情人眼裡出西施；但我的未婚妻——是一個真正的美人。」

「真的嗎？哪種類型的？義大利式的？羅馬式的？」

「真的，她的五官非常端正。」

「您隨身有她的畫像嗎？」

「沒有。」（那時候還沒有人見過照片。銀版攝影才剛開始傳播。）

「她叫什麼名字？」

「她的名字叫傑瑪。」

「您的呢——名字？」

「德米特里。」

「父稱是？」

「巴甫洛維奇。」

「您知道嗎？」瑪麗亞．尼古拉耶芙娜仍舊慢條斯理地說，「我很喜歡您，德米特里．巴甫洛維奇。您看起來人不錯。請把您的手給我吧。我們做個朋友。」

她用她那漂亮、白皙、有力的手指緊緊地握了一下他的手。她的手比他的手小一號——但更溫暖、光滑、柔軟和靈活。

「您可知道我在想什麼嗎？」

「想什麼？」

「您不會生氣吧？不會？她，照您說，是您的未婚妻。但難道……難道必須只能是這樣？」

薩寧眉頭一皺。

「我沒聽懂您的意思。瑪麗亞．尼古拉耶芙娜。」

瑪麗亞．尼古拉耶芙娜微微一笑，把頭一甩，將垂到她臉上的頭髮甩到腦後。

「可以斷定——他很可愛，」不知道她是若有所思抑或漫不經心，「是位騎士！這之後誰還敢相信那些矢口咬定理想主義者全都已絕跡的人呢！」

瑪麗亞・尼古拉耶芙娜始終說俄語，而且是很道地的莫斯科口音——大眾化的，而非貴族派頭的。

「您，大概，是在一個老派而嚴守宗教禮儀的家庭長大的吧？」她問，「您是哪個省的？」

「圖拉省。」

「這麼說，我們是同鄉了。我父親……您已知道我父親是誰了？」

「是的，知道。」

「他生在圖拉……是圖拉人。嗯，好啦……（瑪麗亞・尼古拉耶芙娜說『好』這個詞的俄語音『哈羅紹』的時候故意發成了很市井土氣的音『赫爾紹』）那我們現在就言歸正傳吧。」

「您是說……怎麼才算是言歸正傳呢？您要說什麼呀？」

瑪麗亞・尼古拉耶芙娜瞇起了眼睛。

「那您來這裡是為了什麼？（她瞇起眼睛時，表情變得非常可愛甚至有點滑稽可笑；她睜大眼睛時，在那亮晶晶而幾乎是冰冷的眼神裡流露出某種不好的……某種威脅的光澤。她那兩道眉毛，濃密的、微微蹙擰的、有真正水貂皮般色澤的眉毛賦予了她那雙眼睛特別的美。）您是希望我買下您的莊園，對吧？您因為要結婚而急需一筆錢吧？是這樣嗎？」

「是，急需。」

「而且您需要很大一筆錢？」

「一開始我希望是幾千法郎的。您先生知道我莊園的情況。您可以跟他商量，而我要的價錢也不高。」

瑪麗亞·尼古拉耶芙娜左右搖了搖頭。

「首先，」她一字一頓地說，一邊用手指頭敲打薩寧禮服的袖口，「我沒有跟丈夫商量的習慣，只除了梳妝打扮洗漱用品之外——那方面他比我在行；其次，您為何說您要價並不高？我並不想利用您目前處在熱戀中願意付出任何犧牲這一點……我不要您做出任何犧牲。怎樣呢？不但不鼓勵您……嗯，怎麼表達更好呢？不但不讚揚崇高的感情，對吧？反而將您洗劫一空？這不是我的習慣作風。有時候，我對人是不客氣的——但不是用這種手段。」

薩寧怎麼也弄不明白，她是不是在嘲笑他或者她說的是不是玩笑？他暗自在想：

「喔，跟你打交道，我可得提防點！」

僕人端著一個大托盤進屋，送來了俄羅斯大茶壺、茶具、奶皮奶油、麵包乾等等，把這些東西在薩寧和波洛卓夫太太中間一一擺好就走了。

她給他倒了一杯茶。

「您不會厭惡吧？」她問，一邊用手指拿了一塊方糖放進茶杯……而糖鑷子就在手邊。「您說到哪裡去了！……勞您如此美麗的手……」

沒等他把話說完，吞下的那口茶差一點嗆到他了，而她用一雙明亮的眼睛凝神望著他。

「我之所以說我的莊園價錢不高，」他繼續說道，「是因為您現在人在國外，我不能指望您手頭有很多餘錢，還有，最後我自己也覺得，在目前情形下出售……或者購買莊園都有點不太正常，我必須將這些都考慮在內。」

薩寧愈說愈糊塗，自相矛盾，而瑪麗亞·尼古拉耶芙娜輕輕往沙發椅後背一靠，雙手交叉，依然還是用那種專注而明亮的眼神看了他一眼。他最後打住了。

「沒什麼，請說，請說，」她好像鼓勵似地對他說，「我在聽呢——我很喜歡聽您說話，說吧。」

薩寧就開始詳細描述起自己莊園的情況，有多少俄畝[1]、地點在哪、裡面有哪些可

1 一俄畝等於一·〇九公頃。

用於生產經營的土地以及從中有多少收益……甚至還講到了莊園所處的地方風景非常漂亮；而瑪麗亞．尼古拉耶芙娜就始終望著他，她的目光越來越發亮、越來越聚精會神，她的嘴唇微微翕動，而沒有笑：她不時咬著嘴唇。他最後都不好意思起來，他又一次沉默了。

「德米特里．巴甫洛維奇，」瑪麗亞．尼古拉耶芙娜剛要說，又思索了一下，「德米特里．巴甫洛維奇，」她接著又說，「您知道吧：我相信購買您的莊園對我來說是十分划算的買賣，我們一定會達成一致的；但是您得給我……兩天——對，兩天期限。您能忍受跟您的未婚妻分開兩天不見嗎？再長時間我也不耽擱您，讓您不高興，我向您保證。但是，假如您現在就需要五六千法郎，我非常樂意借您這筆錢——到時候我們再結算。」

薩寧起身站了起來。

「我應該感謝您，瑪麗亞．尼古拉耶芙娜，謝謝您給予一位素昧平生的人慷慨周到的幫助……但要是您覺得一定要這樣才更好的話，我認為還是留下來等到您對是否購買我的莊園作出決定比較好——我在這裡多留兩天。」

「是的，對我來說這樣比較好，德米特里．巴甫洛維奇。這樣對您很困難嗎？是否很困難？請告訴我。」

「我愛自己的未婚妻，瑪麗亞．尼古拉耶芙娜，所以跟她分開我心裡並不好受。」

「啊，您是個金子般的人！」瑪麗亞．尼古拉耶芙娜低聲讚歎道。「我保證不會讓您太難受。您要走了嗎？」

「已經不早了。」薩寧說。

「您應該好好休息，一路旅途勞累——跟我丈夫又玩了『傻瓜』紙牌遊戲。您告訴我：您是伊波利特．西多雷奇、也就是我丈夫的老朋友嗎？」

「我們在同一間寄宿中學讀書。」

「那他那個時候就這樣嗎？」

「什麼叫『就這樣』？」薩寧問。

瑪麗亞．尼古拉耶芙娜忽然笑了起來，笑得滿臉通紅，用手帕掩住嘴，從沙發椅上站起身，好像很疲倦的樣子，一搖一晃地走到薩寧面前，一隻手向他伸過去。

他鞠躬行禮後，就向門口走去。

「請您明天早點過來，聽見了嗎？」她在他身後喊了一聲。

他快走出房間的時候，回頭看了一眼，看到她又坐回沙發裡，兩隻手往腦後一枕。寬大的袖子幾乎滑落到了肩膀的位置——不得不承認的是，她兩隻手的姿勢，還有她的整個身材簡直令人神魂顛倒。

36

薩寧房間的燈一直到半夜都沒有熄滅。他坐在桌子前面給「自己的傑瑪」寫信。跟她講述一切；描述了波洛卓夫夫婦——同時，傾訴最多的還是自己的感情——信的結尾約定過三天就能再見面了！！！（加了三個驚嘆號。）一大清早他就把信送到了郵局，然後再走到庫爾高斯公園散步，那裡樂曲已奏響了。遊人還不多；他在有樂隊的亭子那裡停留了一會兒，聽了一段歌劇《惡魔羅勃》[1]的集成曲，又喝了一杯咖啡，走到公園旁邊一條幽靜的林蔭小徑，在一條長椅上坐下——沉思起來。

不知道是誰用一把傘柄急促地——還相當用力地——敲打他的肩膀。他嚇得一震……一位身穿淺綠色巴勒吉[2]輕紗連衣裙，頭戴白色的網狀花邊小帽，手上戴瑞典手套，臉色像夏季的清晨一樣紅潤又鮮豔，但步履和目光中還未褪去睡足後的滿足感的女人站在了他的跟前，原來是瑪麗亞·尼古拉耶芙娜。

「您好！」她說，「今天我到您那裡去找您，但是您已經出門了。我剛喝完我的第二杯——如您所知，人家硬讓我在這裡喝這種水，上帝知道為什麼……好像我的身體不太健康似的。現在我得散步一小時。希望您可以陪我。然後我們再喝一杯咖啡。」

「咖啡我喝過了，」薩寧起身回答，「但是我很高興陪您散步。」

「那就請您把手給我……別害怕：您未婚妻不在這裡——她看不見您的。」

薩寧笑得不太自然。每一回，只要瑪麗亞．尼古拉耶芙娜提到傑瑪，他都有一種不太舒服的感覺。但他還是急忙並順從地鞠了一躬……瑪麗亞．尼古拉耶芙娜的手緩緩地、柔柔地放到了他的手上，輕輕一滑，就貼住了他的手。

「我們走吧——走這邊，」她對他說，一邊將撐開的傘往肩後一靠，「我對這裡的公園跟家裡一樣熟：我帶您走幾個好地方。您知道嗎（她很喜歡說這句話），我們暫時先不談這樁買賣；後天我們再好好聊一聊它；而您現在跟我說說您自己吧……也好讓我知道，我在跟誰打交道。然後呢，如果您願意，我再跟您講講我自己。同意嗎？」

「可是，瑪麗亞．尼古拉耶芙娜，什麼是您感興趣的呢……」

「等一等，等一等。您沒明白我的意思。我不是想跟您賣弄風情。」瑪麗亞．尼古拉耶芙娜聳了聳肩，「他已有了一位跟古代雕像一樣的未婚妻，而我還要跟他賣俏?!但是您有貨要出售——而買家是我，所以我得知道，您的貨怎麼樣。好呀，貨怎樣——拿出

---

1 德國作曲家賈科莫．梅耶貝爾（一七九一—一八六四）創作的五幕歌劇，一八三一年在巴黎首演。

2 源自法語「Berege」，法國地名，因生產優質充氣、輕紗布料而聞名，後來這種布料就被命名為巴勒吉。

來看看？我不僅要知道我要買的是什麼，還要知道我跟誰買。這是我父親的生意規矩。您看，請開始吧……好吧，就算您不從童年講起，對了——您出國很久了嗎？此前您一直住在哪裡？請您走慢一點——我們又不趕路。」

「我從義大利過來的，而在義大利我待了幾個月。」

「那您，似乎，對義大利的一切都感興趣？您沒在那裡給自己找一個情人有點奇怪。您喜歡文化藝術對嗎？油畫嗎？還是更喜歡音樂？」

「我喜歡藝術……一切美好的東西我都喜歡。」

「也包括音樂？」

「音樂也喜歡。」

「而我完全不喜歡音樂。我只喜歡俄羅斯歌曲——有時在鄉下，春天到來的時候——跳舞的時候，您知道嗎……紅衣服，翡翠頭飾，綠草茵茵，炊煙嫋嫋……太美了！但別談我。請您說吧，講講自己。」

瑪麗亞·尼古拉耶芙娜一邊走，一邊時不時扭頭望著薩寧。她的個子高䠷——她的臉部幾乎夠到了與他的臉平齊。

他開始講了——一開始不太情願，講得不好，而隨後談興一開便談得甚至一發不可收拾了。瑪麗亞·尼古拉耶芙娜善解人意地聽著；加之她自己就給人如此坦率的印象，因而不自覺地使得別人也一樣開誠布公。她具有樞機主教列特茨[3]提到的那種——Le terrible don de la familiarité[4]——「交際」的可怕天賦。薩寧講到了自己的旅行，講到了在彼得堡的青年生活……假如瑪麗亞·尼古拉耶芙娜是一位城府很深的上流社會名媛——他可能永遠都不會如此任性妄為；但她自稱是不拘禮節的好人一個；她正是這樣跟薩寧自我介紹的。而與此同時，這個「好人」跟他並排走，腳步跟貓咪一樣輕巧，身體微微倚靠著他，不時扭過來看他的臉；「好人」跟他並排走，又是一個年輕女人的形象，渾身都散發出好奇又折磨人、溫柔又強烈的誘惑力，只有那些非純正血統、並且血統經過適當混合的斯拉夫女性尤物，才擅長用這樣的引誘讓我們這一位有原罪的軟弱男子神魂顛倒！

薩寧和瑪麗亞·尼古拉耶芙娜的散步、薩寧和瑪麗亞·尼古拉耶芙娜的交談，一共持續了一個多小時。這之間他們一次都沒有停下過腳步——兩人沿著公園望不到頭的林蔭小徑走啊走，一會兒登上山岡欣賞周遭的風景，一會兒又下到谷地隱身於濃密的樹蔭——一直都是手挽著手。薩寧有些時候甚至都覺得很遺憾，他和自己親愛的傑瑪也從未如此長時間的一起散步……而眼下這位貴婦卻霸占著他——真夠嘔了！

3 樞機主教列特茨（一六一三—一六七九），法國投石黨運動著名活躍人士。

4 法語：可怕的交際天賦。

「您累不累？」他不止一次地問她。

「我從不累的。」她答道。

有時候他們也會碰到一些散步的遊人；幾乎一律向她鞠躬致意——一些是尊敬，另一些簡直是獻媚。其中有一位著實漂亮英俊、衣著講究的黑髮男子，她老遠就用道地的巴黎口音向他喊道：「Comte, vous savez, il ne faut pas venir me voir-ni aujourd'hui, ni demain.」[5]那位就一聲不吭摘了禮帽，深深地鞠一躬。

「這人是誰？」薩寧問道，他也改不了所有俄羅斯人特有的「好奇」的壞毛病。

「這位？一個法國人——這裡他們這樣的人太多……對我——也大獻殷勤。但喝咖啡的時間到了。我們回家吧；您大概也餓了吧。我那另一半也許現在能張開眼皮了吧。」

「另一半！張開眼皮！」薩寧暗自學著說了一遍……「法語又講得這麼好……真是奇人一個！」

瑪麗亞·尼古拉耶芙娜猜得一點都沒錯。當她和薩寧一起回到旅館時，「另一半」，抑或「胖小子」，頭上還是戴著那頂菲斯小帽，已端坐在擺好的餐桌前了。

「終於讓我等到你回來了！」他大聲說，一邊扮了一個鬼臉，「都想要不等你喝咖啡了。」

「好啦，好啦，」瑪麗亞·尼古拉耶芙娜愉快地說，「你生氣了嗎？這對你有益：要不你就完全硬邦邦了。我還把客人帶來了。快按鈴！喝咖啡、咖啡——最好的咖啡——

用薩克森咖啡杯，再墊上雪白的餐巾！」

她摘掉帽子、手套——兩手一拍。

波洛卓夫皺著眉頭瞥了她一眼。

「今天您怎麼散步得這麼開心，瑪麗亞·尼古拉耶芙娜？」他壓低聲音問道。

「這跟您無關，伊波利特·西多雷奇！按鈴！德米特里·巴甫洛維奇，請坐——您再喝一次咖啡吧！啊，發號施令真是開心！世上再沒有比這更開心的了。」

「得有人服從才算。」丈夫又插了一句。

「正是，得有人聽話才行！我也正因為如此才能開心。特別是跟你在一起時。不是嗎，胖小子？看，咖啡來了。」

服務生端著一個碩大的托盤進來了，托盤裡還有一張劇院的海報。瑪麗亞·尼古拉耶芙娜一把將海報抓在手裡。

「戲劇！」她忿忿不平地說，「德國戲劇。反正都一樣，比德國喜劇強一點。叫人給我訂一個包廂——一樓兩側的包廂——或者，不……最好是Fremden-Loge[6]，」她跟服

5 法語：記著，伯爵，今天和明天——都不要去我那裡。（原注）

6 德語：外賓包廂。下同。（原注）

務生說，「聽見了吧：必須是Fremden-Loge！」

「但假如Fremden-Loge已被市長大人（seine Excellenz der Herr Stadt-Director）優先預定了呢？」服務生大著膽子稟報。

「那就給大人十塊三馬克銀幣，一定要把包廂訂好！聽見了！」

服務生順從又帶著一臉憂鬱地點點頭。

「德米特里．巴甫洛維奇，您跟我一起去看戲嗎？德國演員太糟糕，但是您會去的……是吧？是的！您太好了！胖小子，而你不會去吧？」

「聽你吩咐。」波洛卓夫對著剛端到嘴邊的咖啡杯回答。

「你知道嗎：留在家裡吧。你在戲院總是睡覺——再說你的德語又不太好。你最好幹什麼呢，給管家寫一封信吧——你記得的，關於我們那個磨坊……關於農民磨麵的事。告訴他，我不同意，不同意，就是不同意！這樣你整個晚上就有事做了。」

「遵命。」波洛卓夫回答。

「嗯，這樣就太好了。你真聰明。那現在呢，既然剛好談到了管家，我們就談談我們主要的正事吧。等服務生收拾好桌子，您就跟我們說說，德米特里．巴甫洛維奇，您的莊園吧——怎樣賣，賣什麼，賣多少錢，未來要付多少定金——總而言之，所有的！（「終於說到正題了，」薩寧思忖，「感謝上帝！」）您已經跟我說了一些，記得吧，您把園子描繪得非常棒，只是『胖小子』沒聽到……讓他聽一聽吧——也許他也能吐出點什麼出來！一想到我能對您結婚有所幫助我就非常開心，因為我承諾過您，明天之後就把您的事給辦妥；而我從不食言，不是嗎，伊波利特．西多雷奇？」

波洛卓夫用手擦了一下臉。

「從不！我不會騙任何人。好啦，德米特里．巴甫洛維奇，請陳述正事，就跟我們在參議院做報告那樣。」

37

薩寧開始「陳述正事」，也就是第二次將自己的莊園又描述一遍，但是沒有再說環境優美，還時不時請波洛卓夫旁證一下，以證實他說的「事實與資料」之準確性。但波洛卓夫只是搖頭晃腦哼哼哈哈——贊同還是不贊同——可能連鬼都搞不清楚。不過，瑪麗亞．尼古拉耶芙娜也不需要他真參與其中。她表現出來的商業和行政管理上的才能讓人只剩下驚歎的分！她對全部的經營底細一清二楚；她對一切都親自過問，親力親為；百發百中，分毫不差。薩寧沒料到有這樣的考試：他也沒準備。而這場考試足足考了一個半小時。薩寧體驗到了被告坐在狹長木凳上、當著嚴厲而目光犀利的法官時的全部心情。「這真成審問了！」他煩惱地暗自嘀咕。瑪麗亞．尼古拉耶芙娜一直面帶微笑，好像在開玩笑，但薩寧並未因此而感到輕鬆；結果在「審問」過程中，他對「土地重劃」和「耕地」的真正涵義理解得並不透徹——急得他甚至汗都出來了。

「那好吧！」瑪麗亞．尼古拉耶芙娜終於說道，「對您的莊園我瞭解得……不比您差了。每個農奴您要價多少？」（那個年代，莊園的價格，眾所周知，是根據農奴的數量而定的。）

「嗯……我覺得……少於五百盧布是不行的。」薩寧吃力地說。（唉，龐塔列奧內、龐塔列奧內，你在哪裡啊？這才是該你再來喊一聲「Barbari」[1]的時候！）

瑪麗亞．尼古拉耶芙娜抬頭望著天花板，好像在盤算。

「還能說什麼呢？」她終於說道，「這個價錢我似乎並不吃虧。不過我已經給自己定了一個兩天的期限——所以您必須等到明天。我認為我們會達成一致的，那個時候您再說一下，您需要多少預付金。現在basta cosi！[2]」她看到薩寧想表達什麼不同意見，緊接著說：「我們談銅臭錢的事談得夠多了……á demain les affaires！[3]您知道吧：我現在放您假（她看了一眼繫在腰帶上的琺瑯掛錶）……到三點鐘……應該讓您休息放鬆一下。去玩玩輪盤賭吧。」

「我從不賭博。」薩寧說。

「真的？您真是聖人。不過，我也不賭。糟蹋浪費錢愚蠢至極——毫無疑問。但是您去賭場看看那些尊容吧。什麼樣滑稽可笑的人都會遇到。有一個老太太，額頭上繫了

1 見前注，義大利語：野蠻人。
2 義大利語：夠了！（原注）
3 法語：明天談正事吧！（原注）

一根綴滿寶石的髮箍，嘴上長著髫鬚——簡直神奇！那裡還有一位我們的公爵——也很讚。魁梧的身材，鷹鉤鼻，而當他放下一個塔列爾[4]——就會在背心下悄悄畫十字。讀讀雜誌，散散步——總而言之，幹什麼都行……三點鐘我等您來……de pied ferme[5]。最好早一點吃午飯。可笑的德國人，戲院六點半就開演。」她把手伸過來。「Sans rancune, n'est-ce pas?」[6]

「哪裡的話啊，瑪麗亞・尼古拉耶芙娜，我幹嘛要生您的氣？」

「就因為我折騰您。您看著，我還沒怎麼折騰您呢，」她瞇著眼睛說道，而她泛起一片緋紅的臉上又一下子露出了她所有的酒窩。「再會！」

薩寧鞠躬告辭。他的身後又響起一陣笑聲——這時，他在經過的一面鏡子裡清晰看到以下的場景：瑪麗亞・尼古拉耶芙娜將自己丈夫的菲斯小帽的帽簷拉下來蓋住了他的眼睛，而他用兩手無力地亂抓亂揮。

4 德國十七至十九世紀的貨幣單位，硬銀幣，折合三個紙馬克。
5 法語：一言為定。（原注）
6 法語：盡釋前嫌，不好嗎？（原注）

38

啊，薩寧一跨進自己的房間，就忍不住深深地、高興地長舒了一口氣！的確：瑪麗亞·尼古拉耶芙娜說得對——他必須好好休息一下，尤其是在經過了這麼多新的交往、碰撞交鋒、談話之後，經過了鑽進他腦子裡和心靈深處的煙薰火燎之後，經過了與這位他如此陌生的女人意想不到和從未有過的近距離交往之後，他必須休息好才能恢復過來。而所有這一切又都是何時發生的呢？也幾乎是在他剛知道傑瑪愛他、他剛成為她的未婚夫的第二天！這簡直是大不敬！儘管他沒有什麼可以自責的，但他還是千百次地在心底請求自己純潔無瑕的愛人原諒自己；千百次親吻她送的小十字架。假如他不能指望盡快圓滿辦好他跑來威斯巴登要辦的事情的話，他早就迫不及待從這裡往回返了——回到可愛的法蘭克福去，回到那個令他感到親切、現在已經是親人的家裡去，撲到她的身邊，拜倒在鍾愛的她的腳下……但是毫無辦法！必須乾掉這一大碗酒，必須穿戴整齊，去吃午飯——再去劇院……但願明天她能早一點放他走！

還有一件令他煩惱和生氣的事就是：一方面他懷揣著愛情、感動，還有感激的狂喜在思念著傑瑪，憧憬兩個人的生活，幻想他未來可期的幸福；另一方面是這位奇怪的女人，這位波洛卓夫太太的糾纏不休……不！不是糾纏，而是——根據薩寧特別的、幸災樂禍的說法——在他眼前流連，使他擺脫不了她的形象，無法不聽到她的聲音、無法不記得她說的話，甚至無法不聞到她衣服上那種特殊的香氣，清新、新鮮、像黃色百合花那種沁人心脾的香氣。

這位太太顯然是在耍弄他，千方百計籠絡他……為了什麼？她想幹嘛？難道這僅僅只是嬌慣任性、有錢又近乎放蕩的女人的惡作劇嗎？還有這位丈夫?!他是個什麼樣的人啊？他們倆到底什麼關係？而這些問題為何會鑽進他薩寧的腦子裡，鑽進無論是跟波洛卓夫先生還是跟他的太太都沒有任何關係的薩寧的腦子裡？為什麼這個討厭的形象即便是在他全身心要撲向另一個如白晝般光輝燦爛的身影時也揮之不去？怎麼膽敢透過那幾乎是神聖的臉龐還能顯現？它們不單是透出來——還要粗魯無禮地嘲笑。這雙貪婪的淺色眼睛、這些臉頰上的酒窩、這些毒蛇般的髮辮——難道這些好像統統都粘在他身上，而他沒有力量甩掉、扔掉這一切嗎？

無稽之談！胡說八道！明天這一切都將消失得無影無蹤……但是明天她會放他走嗎？

是啊……所有這些問題他都給自己擺出來了，而時間快到三點了——他穿上黑色禮服，在公園裡閒晃了一下，直接往波洛卓夫家走去。

在客廳裡，他遇到了一位德國大使館祕書，這位祕書的身材非常修長，淡黃色頭髮，馬臉，從後腦勺梳著分頭（那個時候這個髮型很流行）還有……真是神奇！還有誰？馮．頓戈弗，就是幾天前跟他決鬥過的那位軍官！他無論如何也沒想到會在這裡碰到他，不由得很難為情，不過還是跟他點頭行禮了。

「你們認識？」瑪麗亞．尼古拉耶芙娜問道，薩寧的難為情沒有躲過她的眼睛。

「是的……我很榮幸。」頓戈弗說完，朝瑪麗亞．尼古拉耶芙娜那邊微微弓了弓腰，微笑著小聲說道：「就是那位……您的同胞……俄羅斯人……」

「不可能！」她同樣小聲喊道，搖動指頭嚇唬他，旋即和他們道別，包括他和那位高個子祕書。一切跡象表明，那位高個子祕書愛她愛得發瘋，每次看她的時候，嘴巴都張得老大。頓戈弗馬上就離開了，得體恭順，好像家裡的常客，從隻言片語中就明白了他該怎麼做；高個子祕書本想賴著不走，但瑪麗亞．尼古拉耶芙娜毫不客氣地硬是將他請走了。

「找您的世襲大公主去吧，」她對他說（那個時候威斯巴登好像住著某位跟劣等交際花沒什麼兩樣的摩納哥公主殿下），「在我這樣一位庶民家裡乾坐著有何用？」

「可以了吧，夫人，」倒楣的祕書想解釋，「世上所有的公主……」

但是瑪麗亞．尼古拉耶芙娜一點面子也沒給——祕書只好轉身帶著他的後分髮型走了。那天，就跟我們奶奶常說的那樣，瑪麗亞．尼古拉耶芙娜打扮得可謂花枝招展。她身穿一件法國「歌莉婭謝」牌、豐唐[1]式袖子的玫瑰色絲質連衣裙，耳朵兩邊各戴了一顆大鑽石。跟這兩顆鑽石相比，她那雙亮晶晶的眼睛毫不遜色：她看起來精神飽滿、風采照人。

她招呼薩寧坐在她旁邊，就開始跟他說起了她再過幾天要出發去的巴黎，還說德國人讓她受夠了，德國人賣弄起聰明來就顯得很蠢，而他們犯蠢的時候卻又耍點小聰明；然而突然，如您所料，她緊盯著——à brule pourpoint——問他，前些天他是否跟剛坐在這裡的那位軍官為了一位女士決鬥？

「您怎麼知道這件事？」薩寧吃驚地喃喃說。

「到處都傳開了，德米特里．巴甫洛維奇；不過呢，我知道您是對的，一千個對——您表現得像一位騎士。請告訴我，這位女士就是您的未婚妻，對吧？」

薩寧微微眉頭一皺……

「好，我不說了，不說了，」瑪麗亞．尼古拉耶芙娜連忙說，「您不高興說這個，抱歉，我不再說了，請不要生氣！」波洛卓夫從隔壁房間出來，手裡拿著份報紙。「你幹什麼？是午飯準備好了嗎？」

「午飯馬上就送過來，你看一看，我在《北方蜜蜂》上讀到……戈羅莫波伊大公死了。」

瑪麗亞・尼古拉耶芙娜抬起了頭。

「啊！願他在天堂安息！每年，」她對薩寧說，「二月分我過生日的時候，他都要用茶花將我所有的房間裝扮一新。但就是這樣也不值得在彼得堡過冬。他也許有七十多歲了吧？」她問丈夫。

「有了。他的葬禮報紙上都報導了。全宮廷都參加了。你看，科弗里什金大公還為此寫了悼詩。」

「真好。」

「你想聽嗎，我來讀？大公稱他為諫言大公。」

「不，不想聽。他算什麼諫言大公！他只不過算是塔季雅娜・尤里耶芙娜的老公。我們吃午飯吧。活人操心活著的事。德米特里・巴甫洛維奇，把您的手給我。」

跟昨天一樣，午餐非常豐盛，氣氛也很活絡。瑪麗亞・尼古拉耶芙娜很會講話……這是女人中罕見的才能，更不要說在俄羅斯女人中！她說話潑辣、鮮有忌諱；這方面她

---

1 豐唐（一六六一—一六八一），法國國王路易十四的情婦之一。

的同胞特別領教過。薩寧不止一次被她那特有的機敏而一語中的的用語逗得哈哈大笑。瑪麗亞・尼古拉耶芙娜最不能忍受的就是假仁假義、套話空話和謊言……她發現謊言無處不在。她好像對她生活所處的下層社會環境多有褒獎，引以為豪；她講了自己童年時期家族親人的許多奇奇怪怪的趣聞；她自稱是跟娜塔莉雅・基里爾洛芙娜・納雷什金娜[2]差不多的苦孩子。薩寧這才明白，她經歷的比她同時代的許許多多同齡人要多得多。

而波洛卓夫一個人吃得津津有味、喝得聚精會神，只是間或用微微發白、看似視力不濟實則視力非常好的眼珠子左掃掃妻子，再右掃掃薩寧。

「你真是我的聰明人！」瑪麗亞・尼古拉耶芙娜大聲對他說，「我交辦的事情居然在法蘭克福全辦妥了！我真應該親親你的額頭，但又知道你跟我並不圖這個。」

「我不圖。」波洛卓夫說完，就用一把銀餐刀將鳳梨切開了。

瑪麗亞・尼古拉耶芙娜看了他一眼，用手指頭敲了一下桌子。

「這樣的話，我們打的賭還算不算呢？」她別有用意地說道。

「算數。」

「那好。你輸定了。」

波洛卓夫抬起了下巴。

「等著瞧吧，這一回，無論你怎樣沉著冷靜，瑪麗亞・尼古拉耶芙娜，我都認為輸的人一定是你。」

「打什麼賭？可以打聽嗎？」薩寧問。

「不……現在不行。」瑪麗亞·尼古拉耶芙娜說完，就笑了起來。

七點到了。服務生通報說馬車準備好了。波洛卓夫送完太太，立即轉身步履艱難地向沙發走過去。

「記住！別忘了給管家的信！」瑪麗亞·尼古拉耶芙娜從前廳對他喊了一聲。

「放心，我會寫的。我這人認真又仔細。」

2 娜塔莉雅·基里爾洛芙娜·納雷什金娜（一六五一——一六九四），彼得大帝的母親，阿列克謝·米哈伊洛維奇沙皇的第二個皇后。

39

一八四〇年威斯巴登劇場的外觀很破舊，而它的劇團，就其空洞無物的戲詞和低下平庸的表演、看似賣力實則庸俗的因循守舊而言，相對於迄今為止所有德國人認為的正常水準、相對於近年來德弗里恩特先生「卓越」管理下的卡爾斯魯厄劇團的完美表演，一絲一毫都沒有超過。在「馮．波洛卓夫夫人閣下」專屬包廂後面（天知道服務生想了什麼辦法弄到這包廂的——他該不是真的買通市長大人了吧！）還有個不大的、擺了幾張沙發的小房間；進去之前，瑪麗亞．尼古拉耶芙娜讓薩寧將包廂和劇場之間的屏風豎起來。

「我不想讓人看見，」她說，「不然的話，人都會往這裡擠。」

她讓他坐在旁邊，背對著大廳，這樣看起來包廂沒人。

樂隊剛演奏完《費加洛婚禮》的序曲……大幕升起：正戲開始了。

這也是眾多簡單戲劇作品中的一部，讀了太多死書但又平庸的作者用文縐縐卻又呆板的語言在作品中勤勉又蠢笨地表達某種「高深的」或「非常迫切的」思想，表現出所謂的悲劇衝突，引發苦悶……亞洲式的苦悶，像亞洲霍亂一樣。瑪麗亞．尼古拉耶芙娜耐著性子聽完了半幕，但當第一個情郎（他身穿帶波利斯絨領子的棕色「起皺」禮服和貝殼鈕扣的條紋背心，綠褲子的褲口還連著漆皮的套帶，戴麂子皮手套）得知自己的情人變心之後，這個情郎用雙拳抵住胸口，兩個形成銳角的手肘向前張開，像狗吠般嚎叫起來，瑪麗亞·尼古拉耶芙娜再也無法忍受下去了。

「法國最差的外省小城裡最不濟的演員也比德國一流的知名演員表演得更自然更好。」她不滿地喊道，起身坐到了後面的房間。「到這裡來，」她跟薩寧說，一邊用手拍著面前的沙發，「我們聊聊天吧。」

薩寧同意了。

瑪麗亞·尼古拉耶芙娜看了他一眼。

「我發現，您很溫和！您的妻子跟您相處將會很輕鬆。這個丑角，」她接著說，一邊用摺扇那頭指著臺上嚎叫的演員（他扮演的是家庭教師），「令我想起了我年輕的時候：我也愛過一個老師，是我的初戀……不對，我的第二個情人。我的初戀是頓河修道院的一位修道士。我那時十二歲。逢週日我才能遇到他。他的法衣裡面套著一件絨面長袍，身上的香水讓人喘不過氣來，手提長鏈香油爐在人群中穿行，跟女士用法語說『對不起，請原諒』——他從來都不抬起眼睛，而他的眼睫毛有這麼長！」瑪麗亞·尼古拉耶芙娜用大拇指指甲蓋在自己的小指頭中間一劃，比劃給薩寧看有多長。「我的老師名字叫『monsieur Gaston』[1]！應該告訴您的是，他是一個學問很深又超級嚴厲的人，來自瑞士——臉上的表情如此剛毅！落腮鬍烏黑如漆，希臘人的輪廓，嘴唇就像鐵水澆鑄的一般。我怕他！我的一生中只害怕過這麼一個人。他是我弟弟的家庭教師。我弟弟去世了……溺水。有個茨岡女人算命說我也有橫死之災，但這是無稽之談。我不信這個。您能想像得到伊波利特．西多雷奇手持短劍的樣子嗎?!」

「要死不一定只能死於短劍。」薩寧說。

「這都是無稽之談！您也相信命運嗎？我從來都不。是福不是禍，是禍躲不過。加斯通先生跟我們同住一屋，就在我樓上。常常是，我夜裡醒來聽見他的腳步聲——他睡得很晚——我的心因為敬仰都快不跳了……或者因為其他的情愫。我父親勉強認得幾個字，卻給了我們最好的栽培。您知道嗎，我懂拉丁文？」

「您？懂拉丁文？」

「是的，我懂。加斯通先生教會我的。我跟著他把《埃涅阿斯紀》[2]讀完了。枯燥乏味的東西，但有些地方寫得不錯。您還記得狄多和埃涅阿斯在森林裡……」

「是的，是的，我記得。」薩寧急忙說道。他自己很早以前就已將拉丁文忘得一乾二淨，對《埃涅阿斯紀》只有一個大概的印象。

瑪麗亞．尼古拉耶芙娜按照她的習慣，從側面而且是自下而上地看了他一眼。

「不過，您不要以為我很有學問。哎呀，我的老天，不——我沒什麼學問，也沒有任何天才。勉強會寫字……真的，不會朗誦、不會彈鋼琴、不會畫畫、不會縫紉——什麼也不會！我就是這麼個人——都在這裡了！」

她兩手一攤。

「我把這一切全告訴您了，」她繼續說道，「首先，是為了不聽這幫傻瓜亂喊亂叫（她指了指舞臺，此時一位女演員取代了男演員在鬼哭狼嚎，兩肘也向前伸開），其次是我欠您的：您昨天把自己的情況都跟我講了。」

「那是您願意問我。」薩寧說。

瑪麗亞．尼古拉耶芙娜突然向他轉過身來。

「那您就不願意瞭解，我到底是什麼樣的女人嗎？不過，我並不奇怪。」她說完，又把身體朝沙發枕緊貼過去。「人家準備結婚了，而且是因為相愛，而且是決鬥之後……人家哪裡還會花心思考慮別的什麼？」

瑪麗亞．尼古拉耶芙娜陷入了沉思，一邊用她那又大又整齊、像牛奶般潔白的牙齒

---

1 法語：加斯通先生。

2 羅馬詩人維吉爾（西元前七〇—前十九）以拉丁文創作完成的一部史詩。

咬著扇把。

而薩寧感覺到，那一股濃煙又在他腦海裡向上升騰，這股他無法躲避的濃煙已經持續第二天了。

他跟瑪麗亞．尼古拉耶芙娜之間的交談是小聲進行的，幾乎是耳語——而這更加令他惱怒和不安……

何時才能讓這一切有個了斷？

軟弱的人從不能自行決斷——他們總是等待結局。

舞臺上有人打了一個噴嚏；打噴嚏是劇本作者作為一個「喜劇點」或者「要素」寫進劇本中去的；而劇本中其他的喜劇要素，當然，已不存在；所以觀眾就滿意了此種要素，跟著一起笑了。

這種笑聲同樣令薩寧惱怒。

有這樣一些時刻，他完全不知道：他怎麼了——生氣還是高興；煩惱還是開心？唉，要是讓傑瑪看到他這樣！

「真的，這很奇怪，」瑪麗亞．尼古拉耶芙娜忽然開口說道，「一個人用如此平靜的聲音告訴您，說的是：『我準備結婚了』；但沒有人會平靜地告訴您：『我準備跳河』。而這兩者之間有何差別？真是奇怪了。」

薩寧懊惱起來。

「差別很大，瑪麗亞．尼古拉耶芙娜！對有些人來說，跳河根本不可怕：要是他會游泳；而除此之外……說到結婚的奇怪之處……既然話題說到這……」

他突然打住話頭不說了。

瑪麗亞．尼古拉耶芙娜用扇子敲了一下自己的掌心。

「請說下去，德米特里．巴甫洛維奇，說下去——我知道您想說什麼。『既然話題說到這，仁慈的瑪麗亞．尼古拉耶芙娜．波洛卓娃女皇陛下，』您想說的是，『很難想像有比您的婚姻更奇怪的了……要知道我很瞭解您的丈夫，從小就熟！』這就是您想要說的，會游泳的您！」

「請見諒。」薩寧剛想開口……

「難道這說得不對嗎？難道不對嗎？」瑪麗亞．尼古拉耶芙娜固執地說，「好啦，請您看著我的臉並說，我說的全都不是真的！」

薩寧不知道要把眼睛往哪裡看。

「好吧，您要願意：全是真的，既然您一定要求這樣。」他終於說了一句。

瑪麗亞．尼古拉耶芙娜直搖頭。

「這樣……這樣。好吧，您問過您自己嗎，會游泳的您，這樣奇怪的……從一個既不窮……也不蠢……也不傻的女人這方面來說這樣奇怪的行為原因會是什麼？可能您對這個不感興趣：因為都無所謂。我要告訴您原因，但不是現在，等幕間休息結束我再說。我一直擔心會有熟人跑進來……」

瑪麗亞．尼古拉耶芙娜話音未落，外面的門果真被推開了一半——臉紅紅、油光光又流著汗、年紀不大卻沒牙、頭髮又稀又長、塌鼻子、一對蝙蝠一樣的大耳朵、一副鏡框帶著**pince-nez**[3]的金邊眼鏡架在一雙好奇又遲鈍的小眼睛上的一個人。那人環視一圈，看見瑪麗亞．尼古拉耶芙娜，難看地咧嘴一笑，腦袋晃起來……跟著腦袋後面伸進來的是一個布滿青筋的脖子……

瑪麗亞．尼古拉耶芙娜朝那顆腦袋揮了一下手帕。

「我不在家！**Ich bin nicht zu Hause, Herr P...! Ich bin nicht zu Hause...**[4]噓，噓噓噓！」

那人很是詫異，笑得很勉強，說得跟哭一樣，腔調模仿有人曾經拜倒在李斯特[5]腳下奴顏婢膝說的那句：「**Sehr gut! Sehr gut!**」[6]——就消失了。

「這位是什麼人？」薩寧問。

「這位？威斯巴登批評家、『文學家』，或是雇傭的僕從[7]，隨便怎麼說都行。他受雇於本地一個承包商，所以必須讚美一切，對一切都表現得陶醉其中，其實內心充滿了甚至都不敢表露出來的齷齪憤懣。我擔心：他這人特別喜歡搬弄是非，馬上就會到處去說我在劇場。哼，無所謂了。」

樂隊演奏了一曲華爾滋，大幕再次升起……舞臺上又是那些裝腔作勢和鬼哭狼嚎。

「好啦，大人，」瑪麗亞．尼古拉耶芙娜又坐回沙發裡開了腔，「既然來都來了，無論如何必須跟我待在一起，而不是享受跟您的未婚妻耳鬢廝磨……請您不要眼睛亂轉，請不要生氣——我理解您並答應會放您走的，那現在先聽聽我的自述吧。您想知道我最喜歡什麼嗎？」

「自由。」薩寧提示道。

瑪麗亞．尼古拉耶芙娜把手放到了他的手上。

「對了，德米特里．巴甫洛維奇，」她說，她的聲音透露出一種特別的、顯而易見的真誠和鄭重其事，「自由，最重要和最優先的。您別以為我是在自誇——這方面沒什麼

---

3 法語：鼻夾。

4 德語：我不在家，P先生……！我不在家……

5 法蘭茲．李斯特（一八一一—一八八六），匈牙利作曲家、鋼琴家、指揮家。

6 德語：非常好！非常好！（原注）

7 出自德語「Lohn-Lakai」，即「雇傭的僕從」。（原注）

好自誇的，就這麼簡單，過去和將來對我都一樣，直到我死。童年時代我很可能是見過了太多奴役也受夠它了。嗯，還有加斯通先生、我的導師，讓我大開眼界。現在，您可能明白我為何要嫁給伊波利特．西多雷奇了吧；跟他在一起我是自由的，完全自由，像空氣，像風兒……這一點，結婚前我就知道了，我知道跟他在一起我將是一名自由的哥薩克！」

瑪麗亞．尼古拉耶芙娜沉默片刻，扇子被她扔到了一邊。

「再告訴您一件事：我不反對思考……思考令人愉快，要不給我們理性做什麼？但至於我自己做的事情有何後果，我從不思考，而若是必須思考的話，我自己豁得出去——一點都不客氣：不值得。我有個座右銘：『Cela ne tire pas à conséquence!』[8]不知道用俄語怎麼說。莫非真是這樣：tire à conséquence（有壞結果嗎）？要知道這裡沒有人找我算帳，在這個地球上；而那裡（她手指向上一指）——嗯，眾所周知，那裡隨老天怎麼處置都行。倘若那裡要審判我的話，愛怎樣就怎樣！您在聽我說嗎？讓您無聊了吧？」

薩寧一直低著頭坐在那裡。這時抬起了頭。

「我一點都不無聊，瑪麗亞．尼古拉耶芙娜，而且我聽得很感興趣。只是我……得承認……我問自己，您為何要將這一切告訴我？」

瑪麗亞．尼古拉耶芙娜在沙發上稍微挪了挪地方。

「您問您自己……您是一塊木頭？還是謙虛過度？」

薩寧把頭抬得更高了。

「我跟您說完吧，」瑪麗亞．尼古拉耶芙娜用一種平靜的語調接著說，不過，跟她臉上的表情不是很吻合，「因為我非常喜歡您。是的，您不要驚訝，我不開玩笑：這是因為，一想到要是跟您見面之後，您對我的印象不好、或者甚至不是不好、而是不正確的話，我就會很難受……我這才強邀您來這裡，單獨跟您見面，跟您如此開誠布公……是的，是的，開誠布公。我沒撒謊。還請注意，德米特里．巴甫洛維奇，我知道您愛上了另一位，知道您準備娶她……您也該為我的無私評評理！不過呢，也該輪到您來說說了：『**Cela ne tire pas à conséquence!**（不會有任何壞的結果！）』」

她笑了起來，但她的笑聲戛然而止——她一動不動，彷彿她說的話把她自己也嚇到了，而她的眼神，平時那麼開心、勇敢的眼神，此刻卻閃過一絲類似膽怯、甚至是類似憂鬱的東西。

「毒蛇！啊，她真是一條毒蛇！」薩寧一時在暗想，「但又是多麼美麗的一條毒蛇！」

---

8 法語：不會有任何壞的結果！（原注）

「請把長柄望遠鏡遞給我，」瑪麗亞・尼古拉耶芙娜突然說道，「我倒想看看：難道這jeune première[9]果真如此差勁嗎？本來，可以料想，政府是為了端正風氣才決定演它，以便年輕人不至於過於庸俗。」

薩寧將長柄望遠鏡給她遞了過去，而她從他那裡接過去的時候，驀地但幾乎覺察不到地兩手捧住了他的一隻手。

「請別擺出一副一本正經的樣子，」她笑著耳語了一句。「您知道嗎：鏈子是拴不住我的，但我也不給人拴鏈子。我喜歡自由，不認責任——不單針對我自己一個人。現在麻煩您坐過去一點，讓我們聽戲吧。」

瑪麗亞・尼古拉耶芙娜把長柄望遠鏡移往舞臺方向——半明半暗的包廂裡，並排跟她坐著的薩寧也朝舞臺那邊看過去，一邊不由自主地吮吸她甜美的身體散發的溫暖氣息與芬芳，並且自己的腦海裡也不由自主地翻過來倒過去地回想她一整個晚上——特別是最後幾分鐘對他講的那些話。

9 法語：首演。

40

戲又演了一個多鐘頭，但瑪麗亞．尼古拉耶芙娜和薩寧很快都不看戲了。他們之間的談話又開始了，而且這個談話展開的方式跟先前的路子一樣；只是這一次薩寧不那麼沉默不語了。他內心對自己和瑪麗亞．尼古拉耶芙娜都很生氣；他竭力向她證明她的「理論」毫無根據可言，好像她真有理論似的！他跟她爭論，這讓她暗自得意：既然爭論，就意味著他在妥協或者即將妥協。上鉤了，讓步了，不再把她當外人！她反駁、微笑、表示贊同、沉思默想、抨擊責難……而同時他的臉和她的臉越來越靠近，他的眼睛也不刻意躲避她的眼睛……她的眼睛好像在他臉上四處徘徊、逡巡，而他對她報之以微笑——謙恭有禮，但是微笑。令她滿意的還有，他開始討論抽象的東西，討論兩性關係的誠實、責任、愛情和婚姻的神聖等問題。很明顯：這些抽象討論作為開端……作為出發點……是非常、非常有益的。

對瑪麗亞．尼古拉耶芙娜非常瞭解的人都相信，當強勢又固執的她突然變得溫婉和謙虛，幾乎變得有點少女般羞澀的時候——儘管你會覺得哪裡來的這些？……那個時候……對，那個時候就是事情變得很危險的轉折時刻。

看起來，對於薩寧來說，也正在發生這樣的轉折……要是他能夠哪怕是凝神內省須臾的話，他就該會瞧不起自己；但是他既沒有凝神內省，也沒有鄙視自己。

而她可沒浪費時間。而之所以會發生這一切，乃是因為他著實長得一表人才！不得已只能夠說：「誰知道呢？禍兮福所倚，福兮禍所伏。」

戲演完了。瑪麗亞．尼古拉耶芙娜讓薩寧幫她圍好圍巾，當他用柔軟的織物裹住她那委實威儀的肩膀時，她站著一動不動。隨後她挽起他的手，剛走進走廊——差一點叫了起來：就在包廂的門外，像幽靈般立著頓戈弗；他身後站著的是威斯巴登評論家那髒兮兮的身影。「文學家」油亮發光的臉上掛著幸災樂禍的表情。

「夫人，您不要我幫您找一下您的馬車嗎？」年輕軍官對瑪麗亞．尼古拉耶芙娜說，語氣中強壓著的一股火在發顫。

「不用，謝謝您，」她答道，「我的僕人找得到的。——請您留步！」她低聲命令式地補上一句後，讓薩寧跟著她迅速離開了。

「見鬼去吧！您老纏著我幹什麼？」頓戈弗對著「文學家」突然大聲吼起來。他太需要找個人發洩一下自己了！

「**Sehr gut! Sehr gut!**」[1]「文學家」嘟囔了一聲，偷偷溜走了。

在樹蔭下終於等到瑪麗亞．尼古拉耶芙娜的僕人轉眼工夫就找到了主人的馬車——

她迅速坐了進去，薩寧也緊跟其後跳了進去。馬車門砰的一聲就關上了——瑪麗亞·尼古拉耶芙娜突然哈哈大笑起來。

「您笑什麼？」薩寧好奇地問。

「哎呦，請原諒我……但是我在想，要是頓戈弗跟您再要決鬥……因為我……這豈非奇事？」

「您跟他認識不久嗎？」薩寧問。

「他？跟這個小男孩？他在我這裡就是個當差跑腿。您別擔心！」

「我可一點都沒擔心。」

瑪麗亞·尼古拉耶芙娜歎了一口氣。

「是啊，我知道您沒擔心。但是請您記著——您知道吧：您這麼好，您不會拒絕我最後一個請求的。別忘了：三天後我要去巴黎，而您則返回法蘭克福……什麼時候我們才能再見面呢！」

「您的請求是什麼？」

「您當然會騎馬吧？」

1 見前注，德語：非常好！非常好！

「會騎。」

「那就這麼辦吧。明天一早我帶您一起——我們一起騎馬去郊外。我們會找到非常棒的坐騎。然後我們回來，把事情辦了——最後說阿門！別大驚小怪，別跟我說這是任性，說我瘋了——這一切都有可能——但您只要告訴我：我同意！」

瑪麗亞·尼古拉耶芙娜把臉轉向了他。馬車內光線不好，但她的眼睛在這昏暗中閃閃發光。

「那好吧，我同意。」薩寧小聲歎著氣回答。

「啊！您歎氣啦！」瑪麗亞·尼古拉耶芙娜反覆逗弄他。「常言說得好：君子一言，駟馬難追。但是，不，不……您太可愛了，您太好了——而我一定信守諾言。這是我的手，沒戴手套，右手，簽合約的手。握著它吧，並相信它的一握。我是什麼樣的女人，我不知道；但我很誠實——跟我打交道是可以的。」

薩寧也沒好好想清楚自己在做什麼，就將她這隻手貼到自己的嘴唇上了。瑪麗亞·尼古拉耶芙娜默默地接納了，突然沉默了——一直沉默著，直到馬車停了下來。

她慢慢下車……這是什麼？是薩寧的錯覺還是他的臉上真切地感觸到了一個飛快而灼熱的吻？

「明天見！」瑪麗亞·尼古拉耶芙娜在樓梯上跟他低聲耳語，她的整個身體被照得通亮，一個穿著金色制服的看門人在她剛一出現時就端著燃著四支蠟燭的枝形燭臺迎了上去。她低垂著眼睛。——「明天見！」

一回到旅館房間，薩寧就在桌上發現了傑瑪的一封來信。他一瞬間……有點害怕——旋即又高興起來，以便在自己面前盡快掩飾自己的害怕。信只有短短幾行。她對「事情的開端」順利表示很高興，勸他要有耐性，接著又告訴他，家裡一切都好，全家人對他即將回來感到高興。薩寧覺得這封信太乾巴巴了——但還是拿起了筆和紙……終究還是全扔下了。「寫什麼？明天就回去了……該回去了，早該回去了！」

他立刻上了床，努力盡快入睡。要是還站著不睡的話，他很可能就會開始想傑瑪——而他不知為何……羞於想她。他良心不安。但他這樣安慰自己，明天一切都會永遠結束了，他將永遠離開這位喜怒無常的任性貴婦——將忘掉這件荒唐無稽的事情！……

軟弱的人自言自語的時候，總是喜歡用些遒勁有力的辭彙。

Et puis... cela ne tire pas à conséquence![2]

2 法語：然後呢……卻又忘得一乾二淨！

41

薩寧躺下睡覺的時候想的就是這些；但是第二天，當瑪麗亞·尼古拉耶芙娜用珊瑚蟲做的馬鞭手柄迫不及待地敲他房門的時候，當在房門口看見她——臂彎裡搭著深藍色騎手制服的長後襟、頭戴一頂男式小帽、一條頭巾束著大髮辮子往肩頭上一披，嘴角上、兩隻眼睛裡和整張臉上都帶著挑逗性微笑——這個時候他又想了些什麼，這一點就無人知曉了。

「怎麼樣？準備好了嗎？」響起一個很開心的聲音。

薩寧扣好禮服的扣子，默默抓起了帽子。瑪麗亞·尼古拉耶芙娜高興地看了他一眼，點點頭，就飛快地跑下樓梯。他跟著她也跑了下去。

馬已經停在臺階前的大街上了。一共有三匹：給瑪麗亞·尼古拉耶芙娜備好的是一匹純種的金栗色牝馬，長著一個乾瘦的臉、齜著牙、一對馬眼睛凸鼓著，像鹿一樣的四肢顯得精瘦而有力，但漂亮、性子剛烈如火；薩寧騎的是一匹壯碩、寬背、略顯遲緩的純黑沒有雜毛的烏騅牡馬；最後一匹馬是僕人跟班騎的。瑪麗亞·尼古拉耶芙娜敏捷地跨上馬……那牝馬翹著尾巴、夾緊馬屁股，就跺起四蹄、打起轉來，但是瑪麗亞·尼古拉耶芙娜（不愧為優秀騎手！）原地勒住了這匹牝馬：還得跟波洛卓夫告個別。他還是戴那一頂菲斯小帽，便服沒扣扣子，站在陽臺上揮了一下細亞麻手帕，不過與其說是一點都沒帶笑容，毋寧說是皺著眉頭。薩寧也翻身上了自己的馬；瑪麗亞・尼古拉耶芙娜用馬鞭向波洛卓夫先生行禮告別，隨後在挺起的細馬脖子上抽了一鞭：牝馬前蹄一抬，向前一躍，就聽話地邁著小碎步走了起來，渾身的青筋抖動、嚼著嚼子，哈著氣，不停地打響鼻。薩寧在她後面騎行，看著瑪麗亞・尼古拉耶芙娜：自信、纖細靈巧的身體雖然被掐腰緊身衣所束，卻不乏靈活地在馬背上熟練而協調地晃動。她向後轉過頭，使了一個眼色招呼他。他於是打馬與她並駕齊驅。

「哈，您看見了吧，多好啊，」她說，「離別之前，我還是告訴您最後一句：您太可愛了——您不會後悔的。」

說完最後這句話，她點了幾下頭，似乎想要強調，讓薩寧體會一下這句話的意思。她看起來如此幸福，著實令薩寧感到吃驚：她的臉上甚至有一種孩童臉上常見的，只有當他們非常、非常滿足的時候才會出現的那種莊重的表情。

沒走多久，他們一行就出了不遠處的城門，隨後便沿著大路快馬加鞭地跑起來。天氣棒極了，正值夏季，晨風撲面而來，在耳邊嗚嗚直響、呼嘯而過。他們心曠神怡：對年輕、健康的生命以及自由自在、勇往直前的奔跑的認知俘獲了他們倆，這種認知每時每刻都在滋長。

瑪麗亞．尼古拉耶芙娜勒緊了馬，讓馬再換慢步走；薩寧也跟著她這樣做。

「您看，」她深深地、心滿意足地吸了一口氣說道，「要為了這些活著才有意義。您想做的做成了，您想要的得到了，看起來不可能的事情卻實現了——心啊，盡情享受吧！」她用手指頭橫著在脖子上一滑。「就會感到自己是多麼幸福啊！就像我現在這樣……如此幸福！彷彿我擁有了整個世界。準確地說不是，不是整個世界！……瞧，這一位我就不想擁有。」她用馬鞭指了指路邊走過的一個穿得像叫花子的老頭。「但是我要讓他感到幸福起來。拿去吧，給您的。」她用德語大喊了一聲，就把一個錢袋子扔到了老頭的腳跟前。沉甸甸的小袋子（那個時候根本就沒有錢包之說）砰的一聲落在地上。過路老頭吃驚地停了下來，而瑪麗亞．尼古拉耶芙娜哈哈大笑，策馬離去。

「您騎馬都這樣開心嗎？」薩寧追上她問。

瑪麗亞．尼古拉耶芙娜又一次猛勒住馬韁繩：別的能讓馬停下來的方法她都不用。

「我躲開只是不想聽見感謝。如果誰要感謝我——我的幸福感就會被破壞。要知道我這樣做可不是為了他，而是為了我自己，他怎麼能謝我呢？我沒聽清楚，您問了我什麼。」

「我是問……我想知道，今天您怎麼這麼開心？」

「您知道嗎，」瑪麗亞．尼古拉耶芙娜小聲說：她要嘛又沒聽清楚薩寧說什麼，要嘛就認為沒必要回答他的問題，「這個僕人跟班讓我討厭透了，總跟著我們，很可能一直在想，夫人和老爺他們何時才回家呢？怎麼才能甩開他？」她從口袋裡匆匆掏出一個記事本。「派他送封信回城？不……不好。喔！這麼辦吧！那前面是什麼？小飯館嗎？」

薩寧朝她指的方向看了一眼。

「嗯，好像是一家飯館。」

「那太好了。我讓跟班留在這家飯館裡——喝喝啤酒，直到我們返回。」

「那他會怎麼想？」

「那關我們什麼事！再說他什麼也不會想；就喝啤酒——就會喝啤酒。好啦，薩寧（她頭一回直呼其姓）——前進，快跑！」

到了小飯館前面，瑪麗亞．尼古拉耶芙娜把跟班僕人叫過去，把要求跟他做了吩咐。跟班僕人是個英國出生、具有英國氣質的人，手往帽簷上一抬敬了一個禮，跳下馬，一把抓住轠繩。

「好啦，我們現在——像鳥兒一樣自由啦！」瑪麗亞．尼古拉耶芙娜大聲說道，「我們往哪裡去——往北、往南、往東、往西？您看見了吧——我像加冕禮上的匈牙利國王（她用馬鞭那一頭指了指四個方位）。一切都屬於我們！不，您知道嗎：您看，那裡的山脈多麼雄偉——還有那森林！我們去那裡吧，到山裡去，到山那邊去！」

In die Berge, wo die Freiheit thront![1]

她拐下了大路，沿著狹窄而崎嶇不平、好像真是通往山裡的一條小路疾馳起來。薩寧策馬緊隨其後。

1 德語：到山裡去，那裡才有自由！（原注）

42

這條小路很快就變成了羊腸小徑，最後被一條壕溝橫切之後就徹底消失了。薩寧建議原路返回，但瑪麗亞．尼古拉耶芙娜說：「不，我要進山！一直往前，就像飛翔的鳥兒。」——就騎馬躍過了那條壕溝。薩寧也跨過去了。溝那邊是草地，一開始是乾的，慢慢變溼，最後變成了沼澤地：到處都見到水滲出，形成一個個水窪。瑪麗亞．尼古拉耶芙娜故意讓馬去淌過那些水坑，嘻嘻哈哈笑著說：「就當是中學生一樣任性胡鬧吧！」

「您知道嗎，」她問薩寧，「什麼是：淌著水花去打獵？」

「知道。」薩寧回答。

「我有個叔叔喜歡帶著獵狗打獵，」她接著說，「春天的時候我常跟著他玩。棒極了！就像現在我跟您——也是淌著水花。只是我發現：您身為俄羅斯人，卻想娶義大利女子。然而這是您自己找的痛苦。這是什麼？又是一條溝？跳！」

馬是跳過去了——但瑪麗亞．尼古拉耶芙娜的帽子從頭上掉下去了，她的頭髮披散在兩肩。薩寧本想下馬去撿帽子，但她向他喊了一聲「別動，我自己來」，從馬背上將上身壓得很低，用馬鞭的手柄鉤住帽子上的面紗，真的將帽子夠到，戴回頭上，但頭髮沒捋一捋就又縱馬飛奔起來，甚至大聲尖叫。薩寧與她並駕齊驅，和她一起躍過溝渠，跨越籬笆，涉過小溪，一會兒隱入深山，一會兒又冒出來艱難爬坡，兩眼一直盯著她的臉。一張多麼美麗的臉龐！彷彿盛開的花朵：眼睛睜得大大的，貪婪、明亮、野性十足；嘴巴、鼻孔大張，大口地呼吸；她直視前方，旁若無人，似乎她眼前看到的一切，大地、天空、太陽，還有空氣，這個人都想要攫為己有，而她感到可惜的只有一點：危險太少——再多她也能全都克服！「薩寧！」她喊他，「這就像柏格的敘事詩《蕾諾拉》寫的那樣！只不過您是活的——啊？活的？……我也是活的！」勇猛的感覺真是上來了。這已不是一位女騎手在縱馬狂奔——這是一位年輕的、半人半馬的女魔、半獸半神的女妖在狂奔，而被她恣意踐踏過的規規矩矩而彬彬有禮的地方也只剩下為之驚歎不已！

瑪麗亞・尼古拉耶芙娜終於勒住了她那匹嘴裡滿是白沫、跑得大汗淋漓、渾身濺滿泥水的牝馬：這匹馬被她騎得有點搖搖晃晃，而薩寧那匹肥碩又遲緩的牡馬也累得上氣不接下氣。

「怎麼樣？好玩嗎？」瑪麗亞・尼古拉耶芙娜低聲問他，帶著一種異常甜美的聲調。

「好玩！」薩寧興奮地回答。他全身的血都在沸騰。

「先休息一下，等等還要跑！」她伸過來一隻手。那隻手上的手套已經被撕破了。

「我說過要帶您到森林中去，到山裡去……前面就是，您看那些大山！（的確：兩位勇猛剽悍的騎手抵達的地方走過去兩百步左右，就是被高高的樹林覆蓋的群山。）您看見了嗎：這裡有條路。從這裡直接往前。只是得慢步走。必須讓馬匹歇歇腳。」

他們又出發了。瑪麗亞．尼古拉耶芙娜用一隻手將頭髮往腦後猛地一甩，然後又看了一眼自己的手套——把手套摘了下來。

「手上會有皮革味的，」她說，「不過您不會介意吧？啊？……」

瑪麗亞．尼古拉耶芙娜笑了，薩寧也跟著笑了。這段瘋狂的騎馬行似乎徹底地讓他們倆親密和友好起來。

「您多大了？」她突然問。

「二十二歲。」

「不可能！我也二十二歲。正當華年。都加在一起，離年邁也很遠。不過天氣真熱啊。怎麼，我滿臉通紅了嗎？」

「像罌粟花一樣！」

瑪麗亞．尼古拉耶芙娜用手帕擦了擦臉。

「只要去到樹林那邊就好，那裡會比較涼爽。多麼古老的森林——就像個老朋友。您有好朋友嗎？」

薩寧想了一下。

「有……只是不多。真正的好朋友沒有。」

「而我倒是有一些真正的朋友——只不過不是老朋友。這裡有一位也是——這匹馬。牠多麼認真地馱著你啊！哎呀，這裡真是太好啦！難道說後天我真的要去巴黎嗎？」

「嗯……難道？」薩寧附和。

「而您要去法蘭克福？」

「我必須回法蘭克福。」

「那好吧——上帝保佑您！不過今天這一天是我們的……我們的……我們的！」

兩匹馬終於抵達了林子邊緣，就直接騎了進去。濃鬱的樹蔭一下子從四面八方將他們籠罩其中。

「啊，這裡跟天堂一樣！」瑪麗亞·尼古拉耶芙娜讚歎道，「往樹蔭更深更遠一些的地方去，薩寧！」

馬匹悄悄地往「更深的樹蔭」的地方邁進，輕輕地搖晃著，一邊打著響鼻。他們騎馬進來的這條羊腸小徑突然彎向一條非常狹窄的山谷。帚石南、蕨類植物、松香，還有潮溼的、樹林裡積在一起的陳年落葉的氣味如此濃烈，令人昏昏欲睡。從褐色巨石的罅隙中吹來一陣沁人心脾的清涼。小道的兩旁到處都是長滿苔蘚的圓形小山丘。

「停下！」瑪麗亞·尼古拉耶芙娜喊道，「我想在這塊絨毯上坐下來休息一下。扶我下馬。」

薩寧下馬跑向她。她扶著他的肩膀，咻地一下跳到地上，在一個長滿青苔的山坡上坐了下來。他手裡握著兩條韁繩，站在她的面前。

她抬眼看著他……

「薩寧，您健忘嗎？」

薩寧記起了昨天……馬車裡的情景。

「這是——問題……還是責備？」

「我天生就不會責備任何人、任何事情。那您相信迷魂藥嗎？」

「什麼？」

「迷魂藥——您知道，我們一些歌曲裡唱到的，就是平民老百姓的民歌裡唱的？」

「啊！原來您說的是這個……」薩寧拉長聲音說。

「對，就是這個。我相信……您也會相信的。」

「迷魂藥……妖術……」薩寧又說，「世界無奇不有。以前我不相信，而現在我信。我對自己也會陌生。」

瑪麗亞·尼古拉耶芙娜想了想——並環顧了一下四周。

「而我總覺得，這個地方我似乎來過。麻煩過去看看，薩寧，那棵巨大的橡樹後面是不是立著一塊紅色的木頭十字架？還是沒有？」

薩寧往那邊走了幾步。

「是有一塊。」

瑪麗亞・尼古拉耶芙娜微微一笑。

「噢，很好！我知道我們在哪裡。我們暫時還未迷路。這是什麼聲音？樵夫嗎？」

薩寧朝樹叢望了一眼。

「是的……那裡有個人在砍枯樹枝。」

「要把頭髮整理好才像樣子，」瑪麗亞・尼古拉耶芙娜說，「要不人家看到了——要說壞話的。」她摘下帽子，開始歸攏自己的長辮子，沒說話，樣子很虔誠。薩寧就在她面前站著……在深色的、有幾處還沾著青苔絲的呢制服褶皺下，她優美的曲線盡顯無遺。

薩寧的身後，有一匹馬突然抖動了一下；他自己不由得也從頭到腳打了個寒戰。他腦子裡一片混沌——神經全繃緊得像琴弦一樣。難怪他說他連自己都感到陌生……他真的中了邪。他全部的心思只被一個……一個想法、一個欲望充滿。瑪麗亞・尼古拉耶芙娜明察秋毫地看著他。

「瞧，現在一切都像模像樣了，」她戴上帽子說，「您不坐下來嗎？坐這裡來！不，稍等一下……別坐。這是什麼聲音？」

樹頂之上，還有森林的空氣中，滾過一陣振聾發聵的震顫。

「難道打雷了？」

「好像的確是雷聲。」薩寧回答。

「啊，這像是過節一般！簡直是節日！就缺這個啦！」轟隆隆的雷聲又響了一聲，一下子升上去——緊接著一聲霹靂。「好啊！Bis！[1]您還記得，昨天我對您講過的《埃涅阿斯紀》嗎？要知道他們在森林裡也是遭遇到了雷暴。不過得走了。」她很快站起身。「幫我把馬牽過來……扶緊我的手。就是這樣。我不重。」

她像小鳥一樣飛上馬鞍。薩寧也騎上了馬。

「您，回家嗎？」他用猶疑的聲音問道。

「回家？」她一字一頓地問，拉起了韁繩。「跟我來。」她幾乎粗暴地命令道。

她騎馬上了一條小路，騎過紅十字架，下到了谷地，走到一個十字交叉口，往右一拐，又進山了……看得出來，她知道這條路通往哪裡——這條路一直越來越深地往森林深處延伸。她什麼也沒說，也沒回頭；她領著他一直往前走——而他乖乖地、馴服地

1 拉丁語：再來一個！

跟在她後面，一顆麻木的心沒有任何想法。小雨嘩啦啦地下了起來。她打馬加快了步伐——他也不甘落後。最後，穿過一片蒼翠的雲杉樹蔭，在一座灰色的崖壁石簾之下，一間有著低矮的門、樹枝編織的籬笆牆的簡陋護林小屋映入他的眼簾……瑪麗亞·尼古拉耶芙娜硬是讓馬穿過樹叢，就跳下了馬——剛一走到小房子入口，她猛然朝薩寧轉過身來，低聲說：「做我的伊尼斯嗎？」

四小時之後，瑪麗亞·尼古拉耶芙娜和薩寧，在那位騎在馬鞍上直打盹的跟班僕人護送下回到了威斯巴登賓館。波洛卓夫先生迎接了自己的夫人，手裡拿著那封寫給管家的信。不過，又再認真地看了看她之後，他的臉上露出一種不滿的表情——甚至咕噥了一句：

「難道我又輸了賭局？」

瑪麗亞·尼古拉耶芙娜只是聳了聳肩。

而在同一天，兩小時過後，在自己的房間裡，薩寧站在她的面前，完全像是一個失魂落魄的人，一個死人……

「你到底去哪裡？」她問他，「去巴黎還是回法蘭克福？」

「你去哪裡，我就去哪裡——而且一直跟著你；直到你趕我走為止。」他絕望地回

自己女主人的手。她掙脫出來，將兩手放在他的頭上，用十個手指頭抓住

他的頭髮。她緩緩地摩挲和旋轉著這些惟命是從的頭髮，她全身挺直，嘴角露出一種得意揚揚的神情——而那雙睜得大大的、亮得發白的眼睛閃現出一種殘忍的呆滯和勝利的滿足。撕咬被自己捕獲的小鳥兒時的老鷹，就是這樣一種眼神。

43

這就是德米特里·薩寧在寂靜的書房裡翻閱自己那些舊信件、找到埋在其間的那枚鑲著石榴石的小十字架時所想起來的往事。我們講述的這些事在他腦海裡一幕一幕清晰地浮現……但是，一想到那個時刻，想到他如此這般向波洛卓夫太太顏面盡失地懇求，想到他拜倒在她的腳下，想到自己被奴役生活的開始——他竭力躲開了這些被他喚醒的形象，他不想再回憶下去。並非是他記性不好——噢，不是！他知道，他太知道那個時刻後面接下來又發生了些什麼，但是他羞愧難當——即便是現在，許多年過去了依然如此；他害怕那種難以遏制的鄙視自己的情緒，這種情緒，不斷潮水般向他湧來，他毫不懷疑一旦他不強迫自己的記憶沉默，這種情緒就會巨浪般淹沒其他所有剩餘的情感。但是無論如何他無法回避業已湧現出來的這些回憶，他做不到完全壓制它們。他想起了他寄給傑瑪的那封差勁的、帶著哭腔、謊話連篇、可憐兮兮的信箋，那封沒有回覆的信箋……去找她，回到她的身邊——在這些欺騙之後、這些背叛之後——不！不！他的心裡還有些許良心與誠實。何況他對自己已經失去了一切的信任、一切的尊重：他已經什麼事都不敢擔保了。

薩寧還記得他後來——唉，恥辱！——怎樣打發波洛卓大的僕人跑去法蘭克福取回自己的衣物，怎樣膽怯，怎樣盼著一件事情：快點到巴黎去，到巴黎去；怎樣遵照瑪麗亞·尼古拉耶芙娜的旨意巴結和討好伊波利特·西多雷奇——還有要跟頓戈弗客客氣氣相處，他發現頓戈弗的手指上戴著一枚跟瑪麗亞·尼古拉耶芙娜送給他的那枚一模一樣的鐵戒指！！！後來的一些回憶更糟糕、更丟臉……服務生給他送來一張名片——上面寫著龐塔列奧內·齊帕朵拉，莫登斯基公爵殿下皇家宮廷歌手！他躲著老頭，但還是在賓館走廊裡撞見了他——他的面前是一張怒髮衝冠下被激怒的臉；一雙像炭火般燃燒的老人的眼睛——聽得見他雷霆般的叫喊與咒罵：「Maledizione!」[1]甚至聽到了可怕的罵人話：「Codardo! Infame traditore!」[2]薩寧眼睛微閉，不斷搖頭，一而再再而三要躲開它們——但還是看見自己坐到了旅行馬車前面狹窄的座位上……後面舒服的位置上則端坐著瑪麗亞·尼古拉耶芙娜和伊波利特·西多雷奇——四匹馬沿著威斯巴登寬闊的街道一路愉快地奔跑——到巴黎去！到巴黎去！伊波利特·西多雷奇啃著一個，他、薩寧為其削好的梨，而瑪麗亞·尼古拉耶芙娜看著他，向他、一個已被馴服為奴的人，露出

1 義大利語：該死！（原注）
2 義大利語：膽小鬼！卑鄙的負心漢！（原注）

那種他早就熟悉的冷笑——一種作為主子、占有者的冷笑……

但是，我的上帝啊！就在那裡，街角處，離城門口不遠的地方，莫非是龐塔列奧內又跑到這裡來站著了——還有個人跟他一起？難道是埃米利奧？是的，正是他，那個充滿熱情、待人真誠的男孩！不久前他一顆少年之心還景仰著自己的英雄、偶像，但現在埃米利奧那張蒼白漂亮的臉——如此漂亮的臉蛋，以至於瑪麗亞·尼古拉耶芙娜也看到了並從車廂裡探出頭來——這張美麗大方的臉上此刻卻布滿了仇恨和鄙視；一雙眼睛，多麼像那雙眼睛啊！——死盯著薩寧，嘴巴緊閉……終於氣得又猛然張開……

而龐塔列奧內伸出手，指著薩寧——指給誰看呢？——旁邊站著塔爾塔利亞，於是塔爾塔利亞對著薩寧吠叫起來——這條忠誠有加的小狗的吠叫不啻令人難以忍受的欺侮……豈有此理！

而那裡——在巴黎的生活和那些低三下四、那些不許嫉妒不得抱怨、奴隸般可怕的痛苦……到最後，他像一件穿破的衣服般被拋棄……

再後來，回到俄國，被毒害了的、空虛的生活，瑣碎的忙碌，雞毛蒜皮的操持，痛苦不堪而又徒勞的追悔莫及，還有同樣徒勞、痛苦的忘卻——懲罰看不見，但是無時無刻不在，經久不衰，好像一場不是很嚴重但又無法治癒的疾病，好像一戈比、一戈比地還債，但不能一筆勾銷……

生不如死——簡直受夠了！

傑瑪送給薩寧的這枚小十字架如何得以倖存，為何他沒有將其歸還，為何在此之前他竟然一次都沒碰過這枚小十字架？他久久地、久久地坐在那裡思索——教訓夠多的了，經年流轉，他還是不能理解，他怎麼能夠為了一個他根本都沒愛過的女人而拋棄如此溫柔的、他瘋狂愛戀的傑瑪？……另日，他讓所有的親朋好友都大吃一驚：他向他們宣布他要出國生活去了。

消息傳開，大家都大惑不解。隆冬時節，儘管已租好了一套非常好的公寓、家具也添置得一應俱全，甚至預定好了帕蒂夫人——帕蒂夫人親自、親自、親自！——參加的義大利歌劇演出，薩寧還是離開了彼得堡。親朋好友都萬分不解；而人的天性是，但凡操心別人的事情一向都不會太久，所以當薩寧出發到國外去的時候——就只有一位法國裁縫到火車站去送他，他是希望收回沒付清的欠帳——「pour un saute-en-barque en velours noir, tout à fait chic」[3]。

3 法語：做一件最時髦的黑色呢絨翻領大衣的工錢。（原注）

44

薩寧跟朋友們說他出國去了，但沒說到底去哪裡：讀者很容易就猜到，他馬不停蹄直接跑到法蘭克福來了。得益於四通八達的鐵路，離開彼得堡的第四天他就抵達了那裡。從一八四〇年起他再未踏足法蘭克福。白天鵝賓館還在老地方，生意興隆，儘管已不再屬於最豪華的賓館；策伊爾街，法蘭克福最主要的街道之一，沒什麼大變化，可惜的是不僅洛澤里太太的房子，還包括她家糖果店所在的那條小街，都一點痕跡也找不到了。薩寧像個瘋子一樣各處徘徊，曾經那麼熟悉的地方，卻已面目全非：以前的建築物都消失了；建起的那些高樓大廈、高檔別墅組成的嶄新街區取而代之；甚至他跟傑瑪最後告白的那個公園也已是草木蔥蘢，變化大得薩寧都禁不住問自己——算了吧，這還是那個公園嗎？他該怎麼辦才好？他要怎樣打聽，到哪裡去打聽呢？三十年都過去了……真不是容易的事！

他問了很多人——連一個聽過洛澤里名字的人都沒有；賓館老闆建議他到當地公共圖書館去試試：老闆說他在那裡能找到當年所有的舊報紙，但是否有用——老闆也說不準。失望之餘，薩寧只好提到了克柳別爾先生。老闆對這個名字很熟——但還是落了空。這位卓爾不凡的商人，生意做得聲名遠揚，都賺到了被稱為資本家的身價，最後生意虧本賠了錢，破產，最終死在監獄裡……不過呢，這則消息未引起薩寧一絲一毫的傷心。他已經覺得自己的旅行稍微有點考慮不周……但有一回，翻閱法蘭克福地址黃頁簿時，他看到了退役少校（Major a. D.）馮・頓戈弗的名字。他馬上坐上馬車去拜訪他——這位頓戈弗就肯定是那位頓戈弗嗎？那位頓戈弗就一定會把洛澤里家族的消息告訴他嗎？無所謂了：就當快淹死的人抓到了一根救命稻草。

薩寧幸運地碰到退休少校馮・頓戈弗在家——並立刻認出了接待他的這位頭髮花白的先生正是當年的決鬥對手。對方也認出了薩寧，甚至對他的到來表示高興：這又勾起了他對青春還有年輕時代惡作劇的回憶。薩寧從他那裡得知，洛澤里一家早就移居美國紐約去了；傑瑪嫁給了一位批發商人；並且還說，他、頓戈弗有一位熟人也是批發商，跟美國的生意往來很多，有可能會知道傑瑪丈夫的地址。薩寧請頓戈弗去找一下他這位朋友，哈——真高興！——頓戈弗給他帶來了傑瑪丈夫、葉列米亞・斯洛柯姆先生的地址：Mr. J. Slocum, New York, Broadway, No.501。——只不過這個地址還是一八六三年的。

「但願，」頓戈弗大聲說，「我們法蘭克福過去的美人還健在，也沒有離開紐約！另外，」他壓低聲音接著問，「那位俄羅斯太太，您還記得，就是那時候住在威斯巴登的——馮·波……馮·波洛卓夫——還健在嗎？」

「不，」薩寧回答，「她早就死了。」

頓戈弗抬起眼睛，但看到薩寧臉色不好又轉過身去，沒再說話就告辭了。

當天薩寧就給在紐約的傑瑪·斯洛柯姆太太寄去了一封信。信中他告訴她，他這封信是在法蘭克福寫給她的，而他來此地唯一的目的就是為了找尋她的消息；還說他很清楚，他完全沒有一絲一毫的權利要求她給他回信；他一點都不值得她原諒——唯一的希望就是她在享受幸福的生活之餘早就已經忘記了他的存在。他還補充說，他完全是因為一個偶然的機緣才決定給她寫信的，這個機緣啟動了他內心對過去鮮活的回憶；他對她講述了自己的生活，孤獨、沒有成家、毫無樂趣的生活；祈求她能理解他寫信給她的原因，他不能把忍受了很久但仍未消解的對自己罪責的痛苦回憶帶進墳墓——他祈求她寫一封哪怕是最短的字條告訴他，她離開後在那裡的生活怎樣，好讓他高興一下。「哪怕就只給我寫一個字，」他在信中這樣結尾，「您將會做一件跟您美好心靈相稱的善事——我也將感激您，直到一息尚存，我住在這裡，『白天鵝』賓館（他劃上了著重號），一直等——等到春天——等著您的回信。」

他寄走了這封信，就開始等。他在賓館裡住了整整六週，幾乎足不出戶，誰都一概不見。無論從俄羅斯還是別的地方，誰都不能寫信過來給他；這正合他的心意；一旦有信寄到，他就知道那就是他要等的信。一天到晚他都在讀書——不是雜誌，而是嚴肅的書籍、歷史著作。這種持續的閱讀，這種緘默，這種蝸牛般的幽居生活——所有這些事情都跟他的心靈狀態非常契合：單為這個，他就要感謝傑瑪！但她還健在嗎？她會回信嗎？

信終於到了——貼著美國郵票——從紐約寄來，收信人是他的名字。寄信地址的開頭寫的是英文……他看不懂，他的心一陣抽緊。他沒敢一下子拆開信封。他看了一眼寄件者簽名：傑瑪！眼淚奪眶而出：僅此一點，她簽自己名字的時候沒有簽上姓氏——對他而言就不亞於是一種和解與寬恕！他展開薄薄的藍色郵局信紙——從裡面滑落一張照片。他急忙撿起來——一下子呆住了：是傑瑪，活著的傑瑪，是他三十年前就認得的年輕傑瑪！還是那樣的眼睛、那樣的嘴唇、那樣的臉型！照片的反面寫著「我的女兒，瑪麗揚娜」。這封信親切樸實。傑瑪感謝薩寧毫不猶豫地給她寫信、繼續信任她；她沒有隱瞞他逃走之後她的確度過了一段非常艱難的日子，但馬上又補充，她還是認為，並始終認為跟他認識是幸福的事情，因為正是認識他才阻止了她成為克柳別爾先生的妻子，這樣，儘管是間接的，但也是她與現在丈夫結合的原因，他們已共同生活了二十八年，幸福、美滿和富足：他們家族聞名全紐約。傑瑪還告訴他，她有五個孩子：四個兒子和一個十八歲的女兒，女兒已經是一個未婚妻了，照片她寄給了他，因為大家都說女兒跟自己的母親非常像。傑瑪把不好的消息放到了信的結尾。隨女兒女婿一道來美的萊諾拉太太在紐約過世了——不過她趕上了分享孩子的幸福，照顧晚輩；龐塔列奧內原本也計畫赴美，但在即將離開法蘭克福的時候去世了。「埃米利奧，我們親愛的、無與倫比的埃米利奧——為了祖國的自由，被編入偉大的加里波底領導的那個『千人紅衫軍團』，在西西里島光榮犧牲；我們全家都為失去我們珍愛的弟弟而慟哭哀悼，但是，流淚之後，我們為他感到驕傲——永遠為他驕傲並將深深地懷念他！他無私和崇高的靈魂無愧於捐軀者的花環！」隨後，對於薩寧把生活搞得好像一團糟的境遇，傑瑪也表達了同情，希望他首先不要著急，安下心來，並說她將非常高興見到他——雖然明知這種可能性極小……

薩寧讀這封信的感受我們無法描述。這種感受沒有令人滿意的表達方式：它們比任何語言都更深邃、更強烈——任何語言都無法表述。唯有一樣可能傳達這種情感的，那就是音樂。

薩寧即刻寫了回信——他還把石榴石小十字架鑲到了一串華美的珍珠項鍊上，作為一個無名朋友的禮物，送給了還未出嫁的「瑪麗揚娜・斯洛柯姆」。這份禮物儘管非常昂貴，但並不會使他破產：從他第一次到法蘭克福之後的三十年裡，他積攢了可觀的財富。五月初，他回到了彼得堡——然而不會待太久。只聽說他要賣掉自己所有的莊園，打算到美國去。

屠格涅夫主要作品創作年表

詩歌

《黃昏》（一八三八）

《帕拉莎》（一八四三）

隨筆集

《獵人筆記》（一八五二）

散文

《回憶別林斯基》（一八六九）

戲劇

《單身漢》（一八四九）

《首席貴族的早餐》（一八四九）

短篇小說

《奇怪的故事》（一八七〇）
《契爾諾普哈諾夫的末日》（一八七二）

中篇小說

《多餘人日記》（一八五〇）
《木木》（一八五二）
《阿霞》（一八五八）
《初戀》（一八六〇）
《旅長》（一八六八）
《不幸的姑娘》（一八六九）
《草原上的李爾王》（一八七〇）
《春潮》（一八七二）
《愛的凱歌》（一八八一）

長篇小說

《羅亭》（一八五六）

《貴族之家》（一八五九）

《前夜》（一八六〇）

《父與子》（一八六二）

《煙》（一八六七）

《處女地》（一八七七）